ノスタルジア・ワールド・オンライン 6
Nostalgia world online
首狩り姫の突撃《とつげ》
著 naginagi
画 夜ノみつき
TOブックス
あなたを晩ご飯！
JN072913

CHARACTERS
アリス
主人公。幼馴染のリンとショーゴに誘われて、NWO を始める。食べるのが大好きで、もっぱら色気より食い気。本人は朗らかで穏やかな性格なのだが、目を光らせて動物やモンスターを追い回す姿に「首狩り姫」として恐れられている。武器は打刀「紅椿」。
アリカ
アリスのもう一つの人格。
正反対の性格だが、今ではアリスと支え合う関係性になっている。
ネウラ
植物型モンスター
ミラ
吸血鬼の少女。
フェイト
精霊の少女。

《 リン 》

アリスとショーゴの幼馴染。お淑やかな外見とはうらはらにお姉さん気質。アリスとは基本、別行動をしているがイベントによっては一緒に行動することも。魔法杖を装備していて、風魔法が得意。

《 ショーゴ 》

アリスとリンの幼馴染。人当たりの良いイケメン。アリスとは別にパーティを組んでいる。武器はロングソード。

《 ルカ 》

旅先でアリスと出会った少女。意気投合し、アリスと行動を共にする。外見や性格こそ幼いが、実はアリスより歳上。武器は弓。

《 海花 》

第二陣でNWOを始めたネットアイドル。アリスに決闘を申し込んだことをきっかけにパーティを組む。機械人形を使役して戦う。

KUBIKARI HIME no Totugeki!

《 リーネ 》

防具屋さんの主人で猫耳娘。語尾はもちろん「にゃー」。腕はたしかだが、少々お金にがめつい。アリスの防具作成の依頼を受ける。

CONTENTS

GOHAN!

《 Nostalgia world online 》

KUBIKARI HIME no Totugeki! Anata wo

BAN

Illustration : 夜ノみつき
Design : AFTERGLOW

第六章

「ふぅ……」

私はお店の席でお茶を飲みながら外の景色を見てのんびりと過ごす。

最近ちょっと忙しかったたし、たまにはこうのんびりしてもいいよね。

まぁそれとは別にして……。

ルカと海花が何故か私のお店でのんびりとしていた。

「2人とも最近よく来るけど何かやる事ないの？」

「私はアリスの木彫り人形作ってから来てる」

「あたしは今日はファンのほとんどが用事があって来れないので、自由行動となってますので大丈夫です」

「そ、そう……」

やる事がないならいいけど……。

まぁ私も沼地攻略用のアイテムとか思いつかないし似たようなものかな？

ぼーっと考えていると、お店の扉をコツンコツンとノックをするような音が小さく響いた。

別に今の時間に扉に掛けている板には『ＯＰＥＮ』と書かれているからノックしないで入ってい

いのだけど、一応声を掛けておこう。

「はーい、どうぞー」

私が声を掛けると、ドアがゆっくりと開いた。

「失礼いたします」

お店に入ってきたのは、白黒モノトーンのメイド服を着てクリーム色のふわふわセミロングの髪をした女性だった。

「こちらはアリスさんのお店でお間違いないでしょうか？」

「えっと……はい……そうですけど……」

「では自己紹介をさせていただきたいと思います。私の名は『トア』と申します」

「あっどうもご丁寧に……。私が店主のアリスです」

トアと名乗った女性は私の方をちゃんと向いてメイド服の裾を少し持って挨拶をする。

以前黒花がしたような挨拶と一緒だ。

こちらを向いた事で気づいたのだが、トアさんは私より少し背が高いぐらいで、薄水色の優しそうな眼をしていた。

「えっと……ご来店の用件はなんでしょうか……？　ポーションならカウンターにいる女の子にお願いします」

「いいえ、本日伺ったのはアリスさんにお願いしたい事がありまして……」

「お願いしたい事？」

んー……なんだろう？

てか席に座っているルカと海花はじっとトアさんを睨んでるし……。

「はい。アリスさん、私のご主人様となっていただけませんか？」

「……はい……？」


「とっ……とりあえず詳しく聞かせてもらっていいですか……？」

トアさんの分のお茶を用意して席の前に置く。

「少し話を飛ばしすぎたようですね。申し訳ありません」

「えーっと……まぁそうだね」

いきなりぶっ飛んだ内容でルカと海花が警戒心マックスになっちゃったじゃない。

「それで、何でご主人様なんですか？」

「はい。私、見ての通りメイドのロールプレイしておりまして、最近まで修行をしていました」

まず第一声からツッコミどころがあるんだけど……。

初めのメイドをロールプレイしているはまぁいい。

その次の修行ってどういう事？

「その修行というのは……？」

「はい。メイドたるもの家事に裁縫、そして主の護衛をできなくてはいけません」

んっ？

おかしいなぁ……私の知っているメイドは戦闘職じゃないぞ？

「ですのでまずはそのスキルを最低限身に付けるために今まで修行をしていました。そして最近になってようやくメイドとして務めを果たせると考え、仕える主を探していました」

「それが私って事？」

「はい。アリスさんは強く、気高く、美しく、そして慈悲深いとお聞きしまして少し観察させていただきました。そしてその噂通り素晴らしい方だと判断し、是非ともお仕えしたいと考えました」

ちょっと待って？

まず強いと慈悲深いってのは……まぁもしかしたら少しは入るのかもしれないけど、気高くと美しくってどういう事⁉

私のどこを見たらそう判断できるの⁉

「うん、よくわかってる」

「なかなか見る目がありますね」

ちょっとルカに海花！

さっきまで警戒心マックスだったのに何「こいつわかってるな」的な感じになってるの⁉

「でっでも雇うってなるとそんなにお金払えないし悪いかなって……」

「いえ、私はお仕えしたいのであって金銭が欲しいというわけではありません。ただ私が望むのはアリスさん……お嬢様のお近くにいられる事だけです。それ以外の望みはありません」

めっメイドのロールプレイってこんな感じなの⁉

主と決めた人にそこまでの覚悟をするものなの⁉

「とはいえ、お嬢様も毎回私についてこられるのも煩わしいと思われます。なので、お嬢様が呼ばれる時以外はよければこのお店でお手伝いをさせていただけませんか？」

「えぇぇぇ⁉」

いやでもリアにサイもいるし、週1だけどルカもバイトに来るしそんなやる事ないと思うんだけど……。

するとカウンターにいたリアが不安そうにこちらに近寄ってきた。

「ご主人様ぁ……」

「リア、どうしたの？」

「リアじゃ……お役に立ちませんか……？」

「ううん。そんなことないよ」

自分より大人のお手伝いが入ると聞いて、まだ子供のリアが不安になってしまったようだ。

何とか落ち着かせようと考えていると、トアさんがすっと席を立ちリアに近づいてリアと目線を合わせるようにしゃがむ。

「リアお嬢様。少しよろしいでしょうか？」

「はい……」

「私はリアお嬢様のお仕事を奪うつもりなどありません。ですので私の事は小間使いとでも思ってください」

「小間使い……？」

「はい。リアお嬢様はまだお身体が小さいです。なので高いところの物を取ったり、重たい物を運んだりするのは一苦労かと思います。そのご経験もあるかと思います」

「えっと……その……」

どうやらリアも心当りがあるようだ。

って、これは私が注意しなくちゃいけない事だ……反省……。

もう少し棚の配置とかに気を付けないとなぁ……。

「ですので、そのような時に私をお使いください。それとお嬢様のお店は広いため掃除も大変かと思います。そのような雑務こそ私メイドにお任せしていただきたいなと思います」

「えっと……ホント……ですか……？」

「はい」

「じゃあ……お願いしたいなって……リアは思います……」

「ありがとうございます、リアお嬢様」

あれ……？

これ許可する流れになってる……？

「んっ？　何やってんだご主人様。つかちょっと聞こえたが人また増えんのか？」

「あっサイ。んまぁ今そういう流れになりそうなんだけど……」

「まぁ確かにご主人様いない時は大人がいた方が何かと助かる時はあると思うし、お金もいらねえって言ってるしいいんじゃね？　そのメイドさん、見た感じ盗みとかしそうにないし、物の管理は全部俺がしてるから数が違ったらすぐわかるし問題ないんじゃね？」

「あっうん、そうだね……」

反論する材料全部潰された……。

「あーうん……わかった……。トアさん、貴女を雇い……ます？」

「ありがとうございます。精一杯努めさせていただきます」

「じゃあ部屋の方は……サイかリアに好きな部屋使わせてもらってね。正直部屋余ってるんだよね……」

「ではその部屋に私が持つ生産道具やアイテム、家具などを置かせていただきたいと思います」

生産道具って……まさか手持ち……？

つか家具ってどういう事!?

「もしかしてどこかで部屋とか借りてた……？」

「はい。生産活動をするために一部屋借りていましたので、部屋を貸していただけるのなら是非お願いいたします。家賃はいくらになりますか？」

「家賃……」

特に考えてなかった……。

「ちなみに一月いくらぐらいだったの？」

「私が借りていたところは広かったので月8万ほどでした」

広いっていうしこの家じゃ狭くなるだろうし……。

「じゃああっちの時間での月４万で。あともし月毎に払えなくてもよほど長い間延滞しなければいいから」

「はい。ありがとうございます」

「あと業務についてはリアとサイに相談してもらえばいいかな？　業務内容とかはその２人に任せてるし……」

「はいっ！　大丈夫です！　トアお姉ちゃんリアに任せてください！」

「はい、よろしくお願いしますリアお嬢様、サイお坊ちゃま」

「いや……お坊ちゃまはやめてくれ……」

「ではサイ様でよろしいですか？」

「あー……それでいいや……」

言われてみればお嬢様の男バージョンってお坊ちゃまだっけ？

もう少し良い呼び方があればいいんだけどね。

ともかく、トアさんは様子見かな？

トアさんの事については正直言って心配いらなかった。

「リアお嬢様、こちらにポーションの箱を置いておきますね」

「はいっ！」

「それと、今の売り上げ状況ですと今後少し初心者用のポーションが不足してしまうかもしれませんので、追加を作ったほうがいいかもしれません」

「わかりましたっ！　じゃあリア少し作ってくるのでお願いします！」

「かしこまりました」

そう言ってリアとトアさんは販売担当を入れ替わり、リアは調合部屋へと向かった。

私はそっとトアさんに近づく。

「えっと……いつの間にリアとあんなに仲良しに……？」

「はい。仕事内容について話していましたら、やはりリア様も調合方面でお嬢様のお役に立ちたいという事がわかったため、私も販売を受け持つ事を話しましたらあのようになりました。とはいえ、リアお嬢様が販売をやりたくないというわけではないので、そこは判断して交代してもらっております」

「なっなるほど……」

「正直に言いまして、リアお嬢様が販売と調合を掛け持ちしていますと日々収穫されてくるあの量の素材を捌ききれないため素材が有り余ってしまう状態で……。さすがに他所に売るというのも難しいですし、こちらが卸業者と思われてもいけませんから……。それどころかサイ様もかなり手際が良くなっているようで、更に農場や栽培エリアを広げようという事すら考えている始末なので余計に……」

お……おぉぅ……。

そういえば薬草とかの素材も植えてるから毎日とは言わないけど定期的に収穫はできるんだよね。

そしてこっちでの成長速度は現実よりも速いから更に増える。

でもリア1人だと生産活動だけやるって事は出来ず、素材は溜まっていく一方。

そりゃぁ……余るよね……。

「幸い保管すれば腐りはしないので何とかなっていますが、店1つが使う素材の量を遥かに超えていますので、リアお嬢様には何でもいいので生産活動をしていただきたいなと思っております。むしろ大量に使っていいとさえ思っております」

「別にトアさんもその素材使ってもいいんだよ……？」

「はい。私もメイドですので生産活動は一通りできます。ですがここで私が調合をしてしまいますと、リアお嬢様に変な気を遣わせてしまうかもしれないため、そういった事はできないのです」

あー……確かに余ってる素材ってどっちかっていうと調合と料理方面だもんなぁ……。

「トアさんとしては何か植えられる物で欲しいのとかってある？」

「欲しい物……ですか？　そうですね……」

トアさんが親指と人さし指で顎をはさむ仕種をして考える。

「強いて言えば裁縫関連で使う物が欲しいですね。ですがあれらは採取してくれれば集まるので栽培するほどではないですね」

「ということは綿花とかだね。でも種とかを手に入れたことないし……。リーネさんなら何か知ってるかなぁ？　後で聞いてこなきゃ」

「あっいえ、そのわざわざ栽培するほどの事でもなく私が必要になったら採りに行けばいいだけの話で……」

「あとは桑の木植えて蚕を何匹かこっちで飼う事ってできるのかな？　それも確認しなきゃ」

「あっあの……そんな本格的に生産体制をつくらなくても……」

「あとはイカグモさんの糸も素材としてはいいけど、さすがにこっちに住んでもらうわけにもいかないしなぁ……」

「あっあのお嬢様？　私の話を聞いていただけませんか……？」

「それとルカからアレニアの糸とかも使わせてもらえたら……」

「あっはい、聞いてもらえないんですね……」


「ちょっと考えが先走りすぎちゃったね」

「いえ……落ち着いてもらえてよかったです……」

いけないいけない。

つい生産体制を考えてしまった。

リアとサイとも仲良くしてもらってるみたいだし、それぐらいしてもいいだろうと思ってついやってしまった。

「それにしてもお嬢様」

「んっ？」

「イカグモとかアレニアと言っていましたが、それらは一体……」

「あー……」

アレニアはともかくイカグモさんは説明していいものなのだろうか……。

「答え辛いのでしたら結構ですので大丈夫です」

「あー……うん、ルカのペットのアレニアはともかくイカグモさんはちょっと秘密ね」

「ルカお嬢様の……そうでしたか。全てはお嬢様のお心のままに」

「あ、うん……」

トアさんのこの忠誠心は一体……。

「そういえばトアさんって私の事どこで知ったの?」

聞いていなかったけど、もしかしたらプレイヤーイベントの時にいたのかもしれないもんね。

「そうですね……。噂はかねがね聞いていましたが、何度か直接お姿を拝見することができましてそれで是非お嬢様にお仕えしたいと思いました」

「でも私なんかよりもっと凄いプレイヤーは多いと思うけどなぁ……」

銀翼の人とかアルトさんとかね。

「確かにそういった方々も実力としては申し分ないと思いました。ですが、私が仕えたいと思っている方はただ強ければいいという事ではありません。最初にも説明しましたが、気高く美しいというのも大事です。そして何より戦闘時とそれ以外のギャップがとても好みでし……戦闘時以外の際のどこか儚さを兼ね備えたお嬢様は仕え甲斐のある方だと判断したからです」

いや、今好みって言ったよね？

絶対その前の条件建前だったよね？

やっぱりトアさんって……良い人だけど少し変わった人だ……。


「うへへー……」

夜が更けてきて辺りも静かになってきた頃、リアは1人薬室に籠って新薬作りをしていた。

だがいつもと一つ違うのは、現在の時刻が既に深夜2時を越えていたのだ。

普段のリアならばこの時間はとっくに眠っている時間である。

だがトアが来て薬室に籠れる時間が増えたことにより時間配分を気にせずに新薬作りに没頭できる環境になってしまった。

眠さによる判断力の低下に加え、普段ならば寝ている時間にも拘わらず起きている事による自律神経のバランスの乱れ。

これらの要因により、現在のリアは正常な状態ではなくなっていた。

「これでー……完成ー……すぅ……」

リアは完成させた薬を判断力の低下から新薬用の入れ物に入れず、ポーション用の入れ物に入れてしまう。

そして何より最悪なのがレッドポーションと色が一緒なことであった。

「ふぁーぁ……」

朝早く起きたサイはいつも通り畑の作業をするために身支度をして一階へと下りてくる。

「んっ？」

そこでサイは違和感に気づく。

「そういやリアがいなかったような……もう起きたのか？」

そう思ってサイはお店の方を見るが、そこにはリアの姿が見えなかった。

では薬室か？　と思い、そちらを覗くとリアが机に伏せて寝ているのを見つけた。

やれやれ……と思いつつも、リアを抱えて2階の部屋のベッドに運び寝かせる。

リアを寝かせたサイはそのまま畑に向かう。

机の上に置かれた新薬をそのままにして……。


「んー今日もいい天気ー」

ログインした私はまずお店の様子を確認する。

販売にはトアさんがおり、お客さんにポーションなどを売っている。

ってことはリアは薬室かな？

そう思って薬室を覗いてみるとそこには誰もいなかった。

「あっお嬢様。リアお嬢様は昨日遅くまで新薬作りを頑張っていたようで、まだお休みになっております」

「そうなの？　リアが時間配分間違えるなんて珍しいね」

「どうやら私が販売を担当する事によってその時間配分を間違えてしまったようです。ですのであまり叱らないでくださいませ」

「まぁ今まで働かせすぎたってのもあるし、怪我しないでくれればそこまで怒らないよ」

「あーくっそ……」

トアさんと話していると、ボロボロのショーゴたちがお店に入ってきた。

「ショーゴその恰好どうしたの？」

「王都の西進んでマップ開拓しようと思ったらその先沼地でな。そこで手酷くやられた感じだ。偵察のつもりだったんだが割と深く行っちまって戻ってくるまでにこの有様だ。つーことでポーション購入限度までよろしく頼むわ」

「あっ私はマナポーションでお願いします」

「お姉さんもマナポーションで～」

「俺とシュウはレッドポーションで頼む」

「てかまた店員増えてね!?」

「わかったからとりあえず席に座ってて。どうせ一休みするでしょ？」

さて、飲み物ぐらい用意してあげるか。

っと、レッドポーションとマナポーションを持ってこないと。

私は一先ず要求されたポーションを用意する。

「あーすまんアリス。俺まだダメージ残ってて今すぐ1本飲みたいから頼むわ」

「わかったー」

ショーゴが今すぐ1本飲みたいというので、薬室のテーブルに載っていたレッドポーションをショーゴに渡す。

「じゃ、それ以外のポーションの会計はここでやっちゃうね」

私が5人それぞれにトレードを申し込み、購入分の金額を確認してトレードを完了させる。

するとリアが2階から慌てて下りてきた。

「すいませんご主人様っ！」

「あっリアおはよー。よく眠れた？」

「はいっよく眠れました！　じゃなくて寝坊してごめんなさい！」

「大丈夫だよ。それにしてもリアが夜更かしなんて珍しいね」

「えーっと……ちょっと集中しちゃって……」

「怪我だけは気を付けてね。それと今日はあんまりお客さんいないから新薬作ってても平気だよ」

「はいっ！」

そう言うとリアは薬室へと向かった。

そこでリアは「あれ？」と首を傾げた。

「どうかした？」

「いえ……机の上に置いていた新薬が無くなっていたので……。あれ……？　夢だったかな……？」

「新薬？　私が見たときはレッドポーションしか置いてなかったよ？」

「あれっ？　そういえば新薬の色ってレッドポーションに似てたような……って、リア何作ってたんだっけ……？」

「……えっ？」

「あれっ？　HPが回復しねーなー？　安全エリアだと回復しないんだっけか？」

私はちょうどレッドポーションを飲み干したショーゴの方を向く。

ショーゴの飲んだのって……レッドポーション……だよね……？

色もレッドポーションと一緒だったし……。

ちらっとリアの方を向くと、少し顔を青くしていた。

レッドポーションを飲んだにも拘わらず、HPが回復しないためもしかしたら新薬を飲んでしまったのかと青ざめているのかもしれない。

「ショーゴ急いでこれ飲んで！」

「はっ⁉　何だよ⁉」

私は慌てて持っている状態異常回復の薬を出してショーゴに飲むように迫る。

ショーゴは何が何だかわからず困惑しているが、もし何かの状態異常を与える薬だったらまずい！

「いきなり何言って……ぐっ⁉」

「ショーゴ⁉」

私はショーゴはいきなり椅子から転げ落ちて苦しそうに胸元を押さえる。

ショーゴは肩を掴んで名前を呼ぶが、ショーゴは脂汗を流し苦しそうにしたままだった。

「身体が……熱い……！」

「ショーゴっ！　しっかりしてっ！　ショーゴ！」

「ぐっ！」

しばらく名前を呼んでいると、ショーゴの身体に変化が起こった。

うめき声が少し高くなり、掴んでいた肩が何やら細くなってきている。

顔がちゃんと見えないためはっきりとはわからないが、ショーゴの顔が何やら角ばった顔つきから少し丸みを帯びている気がする。

少し経つとショーゴの呼吸が落ち着いてきた。

「はぁ……はぁ……はぁ……」

「ショーゴ……？」

「たくっ……一体何が起こったんだよ……」

「その声……どうしたの……？」

「あっ？　声って……いつも通りだろ？」

「てか声だけじゃなくて顔も……」

「顔……？」

ショーゴが起き上がってわかったのだが、ショーゴの鼻が小さくなっており、目も少し吊り目っぽくなっていた。

「……どうぞこれを」

「あっあぁ……すまねえ……」

トアさんはすっと手鏡をショーゴに渡し、ショーゴは受け取って自分の顔を見る。

そして自分の細くなった腕や身体を触った後、プルプルと震え店中に響くように叫ぶ。

「何だこりゃぁぁぁぁ!?」

そう、ショーゴの顔や身体つきがまるで女性のようになっていたのだ。

「それで……なんであの男が……女の子になっているんですか……？」

「海花……笑うの失礼……」

店にやってきたルカと海花の2人が笑いを堪えながら経緯を聞いてきた。

「えーっと……」

どこから話したらいいものか……。

「それで、何でショーゴが女の子になっちゃったの？」

「えっと……薄っすらなのですが、確か夜中のリアは何故かご主人様に褒めてもらう時にたまには男性バージョンになって褒めてもらいたいなーなんて思いまして……」

「そのノリで性転換薬を作っちゃったってこと？」

リアは小さく頷く。

どうやらショーゴの飲んだ薬は性転換薬で合っていたようだ。

「それでどれぐらい効力あるの？」

「確か少しの間褒めてもらうぐらいで考えていて、薄めてはいるのでそこまで長時間ではないと思いますが……」

「正確な時間はわからないってことね……」

「はい……」

「てかリアはどこで性転換薬の作り方なんて知ったの？」

少なくともそんなレシピ存在していたなんて聞いた事ないし……。

「えっと、それはナンサおばあちゃんが昔に魔女さんを助けた際にお礼として作り方を教えてもらってて、ナンサおばあちゃんから貰った手帳にその作り方が書かれていたんです。でも作るには必要な材料がかなりあったのですが、ご主人様が集めてきた素材の中にその材料があって……」

「深夜のテンションで少しネジが外れて作っちゃったってことなんだね……」

「はい……」

恐らくナンサおばあちゃんも昔に書いた事だから忘れていたのだろう。

リアも正常な時ならば作ろうとはしなかっただろうが、深夜のテンションというのは正直言って自分でも何をするかわからない。

「とりあえず身体に毒ではないんだよね？」

「はい。性別を換える以外は人体には影響はないって書いてありました」

「ってことだから……ショーゴ……」

「あぁ……わかった……」

チラっとお店のテーブルの方を見ると、ショーゴが項垂れて落ち込んでいた。


「というわけなんだよね……」

「でもその薬って、本当はアリスが飲む予定だったんだよね？」

「はっ!?　お姉様が……男性に……」

いや……飲んだとしてもリアの前だけだからね……？

私はそっと項垂れているショーゴに近づく。

「ショーゴごめんね？」

「お前が気にする事でもねえだろ……」

「でもリアがやっちゃった事だし、責任は私にあるもん……」

「別に永続的ってことじゃねえし時間で戻るんだからそこまで気にすんなって……」

「でも……」

「はぁ……」

そう言うとショーゴは顔を上げて私の頭を撫でる。

私は何故撫でられているのかわからず首を傾げる。

「そうやって身内の責任を負いすぎるのがお前の悪い癖だ。それに被害者の俺が気にすんなって言ってんだからそれでいいだろ？」

「うん……」

「それにあの子だってちゃんと謝ってくれたしな」

「んっ……」

私はすっとショーゴの胸に顔を埋めるように抱き着く。

それをショーゴは受け止め、ゆっくりと頭を撫でる。


「あの男……合法的にお姉様とイチャイチャして……」

「処す……？　処しちゃう……？」

その様子を見て嫉妬をする者もいたり……。

「ショーゴが女になったという事はああいうのはセクハラにはならないという事か」

「でも元は男ってわかっててあしてくれる女の子なんてそうそういねーしなー……」

「それだけの仲ってことよね～」

「でも一部の方には性転換薬は夢のような薬ですよねー」

冷静に2人の様子を眺めている者とで分かれていた。

「でもショーゴの見た目がここまで女っぽくなるとはな」

「興味本位で聞くんだけどさ、胸とかどうなってんの？」

「あ？」

シュウに気になった事を言われ、ショーゴは服の上から両手でそっと触ってみる。

「んー……痛覚制限のせいで細かくはわからねえけど、少し膨らんでる気はするな」

「一応外見的な特徴は変化するって事か」

「となると下も変化したってことだろうな。まぁ幸い俺たちはこっちではトイレに行く必要がないからいいが、こっちの住人が飲んだら大変だろうな……」

「そもそもこの薬作ったってのが魔女だしな……絶対ロクな事に使ってねえだろ……」

魔女の薬かー……。

「リアー。他には魔女の薬については載ってなかったの？」

「えーっと……他には惚れ薬ぐらいしかなかったですね」

「惚れっ⁉」

「薬っ⁉」

リアの発言にルカと海花が反応する。

「その薬ってすぐ作れる？」

「是非売ってください！　言い値で買います！」

「えっと……その……」

何故そんなに惚れ薬に反応した……。

でも惚れ薬って事は魅了のデバフが入る薬って考えればいいのかな？

だけど飲み薬だから相手に盛るとかじゃないと効果なさそうだしなぁ……。

「でも魔女っているんだね」

「そもそも魔法使いと魔女の違いって何なんだ？」

「俺としてはあんまり変わらないと思うけど……クルルとかはどう思う？」

「そうですねー……。私もあんまり大差はないと思うんですが、やっぱり魔女は女性だけっていうイメージですね」

ようはあんまり変わらないって事ね。

てかナンサおばあちゃん魔女にも会ってるとは……。

ギルド長とも知り合いだし、意外に人脈広い……？

「つか薄めてこれなんだから、原液とかだったらどうなってたことやら……」

「そこは最低限の理性の働いたリアに感謝しないとね……」

下手すると1週間や1ヶ月効果が続くとかありそうだもんね……。

「でもちゃんと時間調整したのなら出し物としても売れそうよねぇ～」

「ウィッグなら作れる」

「服なら作れますのでご要望があれば……」

「やらんからいいわ！」

「まったく……皆もあんまりショーゴいじらないのー」

ショーゴだって好きで女の子になったんじゃないんだから……。

「ショーゴここにいたらいじられちゃうし私の部屋で少し寝る？」

「はっ⁉　いやいいって！」

「別に遠慮する事ないでしょ？」

私はショーゴの腕を掴んで部屋に移動する。

ショーゴは大丈夫大丈夫と叫ぶが、あそこにいたらまたいじられちゃって可哀想だし、これぐらいしてあげてもいいよね。

その後、無事に元に戻ったショーゴと一緒に戻ってくると壁に寄りかかって放心しているルカと海花の姿があった。

一体何があったのだろうか……？


「ご主人様。調合で使う鷹の爪の数が少し減ってきたので採ってきてもらえますか？」

ショーゴの女体化が治った数日後リアにそうお願いされ、以前ヒストリアの方で見かけたブレットホークを狩りに行くことになった。

初見ではあの貫通付きの嘴《くちばし》に手こずったが、今の私には頼りになる味方がいる。

「お母さーん。こんな感じでいいー？」

「うん。ありがとねネウラ」

ネウラの蔓によって捕まったブレットホークが次々に私の前に置かれる。

それを私は首を刎ねて仕舞う作業をするだけだ。

一先ず10匹ぐらい狩れば数は足りるかな？

でも鷹の爪って料理でも使うし、その倍ぐらい確保しとこっか。


結局2時間ぐらいブレットホーク狩りをし、私は帰路についた。

エアストへ飛び、お店の前に戻ると何やら中から怒鳴り声が聞こえた。

私とネウラは首を傾げながら少し顔を見合わせてお店に入る。

「だから売れっつってんだろ！」

「ですから販売できる数はお1人様ずつで限りがあって……」

「そんな事どうでもいいんだよ！」

「ひっ⁉」

「リアっ！」

お店に入ると、客の男から怒鳴り声を上げられ萎縮してしまっているリアがいた。

更に男は机を強く叩いたため、リアが余計に怖がってしまっている。

私はリアを庇うように抱き寄せる。

「ごっご主人様ぁ……」

リアはガクガクと震え、薄っすら涙も流している。

その様子を見て私は少しぷっつんして客の男を睨みつける。

「……私のところの店員に何か……？」

「お前がこの店の店長か！　だったらさっさとレッドポーション二百個売れつってんだよ！　金ならあんだよ！」

「この店では1人10個まで って事にしてるから。1人ならそれ以上売れない」

「売れるならいいだろうがよ！」

「売る売らないの問題じゃない。私の店ではそういうルールだから。守れないなら売らないだけ」

「くそがっ！」

客の男は私の物言いに苛立ち、顔を真っ赤にする。

一触即発な空気の中、お店の扉が開く。

「申し訳ありませんリアお嬢様。少し混んでいて遅れて……」

お店に入ってきたトアさんが今の状況を見て何かを察し、私の方に近づいてくる。

「リアお嬢様。レジは私が行いますので薬室へどうぞ」

「えっ……？」

「あっお嬢様もリアお嬢様と薬室へ。ですが鷹の爪を採らないといけないですし調理室ですかね？」

「えっあっその……」

「後は私にお任せください」

トアさんに押され、私とリアはお店側から追い出されてしまった。

リアは不安そうな顔をしているが、これ以上揉め事に関わらせるのも嫌なので声を掛けて薬室に避難させた。

でもさすがにトアさんだけに任せるっていうのは店長として情けない。

そう思って私はお店側に戻ろうとする。

「ですので、お客様1人に対して最大購入数が10個です。これはこのお店での決まりです」

「だから何で一杯あんのに制限掛けんだよ！　売れりゃいいだろうが！」

「より多くのお客様に購入していただくためのお嬢様のお心遣いです。売れればいいというのとは違います」

トアさんと客の男は口論を続け、トアさんが冷静に返答しているが客の男は完全にイライラしている様子だ。

「テメェ……ふざけてんのか！」

「ふざけてなどおりません。購入できない理由をお話ししているだけです」

「その態度がふざけてるっつってんだろ！　売らねえってならこの店どうなっても知らねえぞ！」

「…………」

「俺らのギルドに掛かりゃこの程度の店なんてなぁ！」

「……れ……」

「あぁ⁉」

「黙れと言っている」

「っ⁉」

突如トアさんの雰囲気が変わり、静かだが殺気が周囲に漏れる。

「さっきからうだうだうだうだと……。この店を……お嬢様の店を潰す……？」

トアさんのいきなりの豹変具合に、客の男もたじろぐ。

「これだからラグナロクの連中は……。その傲慢さのせいで他の生産職からアイテムを売ってもらえなくなったのでは？」

「なっ⁉　なんで俺の所属しているところを⁉　つかなんでそれを知っている⁉」

「えぇ、よく知っていいいいいいます。所詮ウロボロスについていけなくなった者たちの溜まり場。その癖プライドだけは高く、他者を見下すことしかしない。その結果、このような事になっているのでは？」

「ぐっ……くそっ！」

客の男は痛いところを衝かれたのか、慌ててお店を出ていく。

男が出ていくと、トアさんから漏れ出ていた殺気が消え、いつもの温厚な雰囲気に戻る。

「…………」

「……申し訳ありませんお嬢様」

トアさんは私の方へ向くと、深々と頭を下げる。

「つい頭に血が上ってしまい、あのような暴言を吐いてしまいました。お嬢様のメイドとして失格です」

「えっと……私もトアさんが言ってくれてすっきりしたというか……私こそ任せてしまってごめんなさい」

結局トアさんに全部任せてしまったので私も頭を下げる。

「お嬢様が謝る事ではありません。私がもっとうまく対処できていればよかっただけなので……」

「私だって最初からちゃんと対処できてればトアさんに迷惑掛けなかったし……」

「いえいえ。私こそお嬢様にご迷惑を掛けてしまいましたので……」

「ううん。私だって……」

しばらく自分が悪い合戦をしていたが、お互いどこか馬鹿らしくなってしまいクスっと笑い合う。

「ふふっ。でもリア大丈夫かな？」

「リアお嬢様については本当に申し訳ありません。私がいない間にあのような客が来るとは思いませんで……」

「私もそういうお客来た事なかったから油断してたよ。でもトアさんってあの客のギルドの事知ってたの？」

私がその事を聞くと、トアさんは一瞬ピクンと反応したがすぐに平静を装って答える。

「はい。メイドたるものお嬢様の必要な情報は手に入れておくものですので」

「へっへー……。メイドってすごいなぁ……」

んー……？

誤魔化された……？

「それと先ほど覗き見していたから聞いていたと思いますが、あの男がこのお店を潰すと言っていましたが、実際にはそのような事はしませんのでご安心ください。ただの口だけです」

「そうなの？　よかったぁ……。このお店無くなったらサイとリアが困っちゃうよ」

「念のため入室禁止設定をしておきますか？」

「あーうん、そうだね。２人の身の安全もあるからね」

私はハウジング管理の画面を開き、入室禁止設定をする。

「えっと、所属ギルドが……ラグナロク……でいいんだっけ？」

「はい、大丈夫です」

私はトアさんの指示通りに設定する。

とりあえずこれで一安心かな？

でもトアさんって一体何者なんだろう……？


「教会のお手伝い？」

「あぁ。王都の方で少し手伝いが欲しいらしいんだよ」

「別に構わないけど……」

ラグナロクとの騒動から数日後、突然お店に来たナンサおばあちゃんから推薦という形で話が来た。

正確にはギルドからの、というのが付くけど。

でも教会って聞くとサイたちを雇った場所を思い浮かべたが、そことは違う教会らしい。

その教会は孤児院のようなもので、シスターが身寄りのない子を預かっているようだ。

「でも急にどうしたの？」

「何か教会のシスターのうち何人かが怪我しちまったようでな。今いるのが2人だけらしいんだよ」

「それは大変だね……」

となると塗り薬とかポーションも持ってった方がよさそうだね。

「しかも教会で預かってる子もいるから2人だけだとねぇ……」

「子供って元気だからねぇ……」

そうなるとミラたちにも手伝ってもらった方がよさそうだなぁ。

子供たちは元気だから人数がいないと辛いからね。

なら少しは遊び道具も……。

……子供の遊び道具って……何があるっけ……？

「まぁそんなに深く考えなくてもいいと思うけどねぇ。アリスの事だからいつも通り接していれば問題ないだろうしね」

「そんなもんかなぁ……？」

ギルドから場所を確認して教会の場所に来てみたが……。

「ここ……だよね……？」

なんというか……以前行った教会とは全く雰囲気が変わり、教会の周りを囲っている壁がところどころ破損しており、教会自体もところどころ汚れているように見える。

正直言って私の思っていた教会とイメージが違いすぎた。

「あら？　何か御用ですか？」

私が教会の前で立ち尽くしていると、横から170㎝は越えているであろう修道服を着た目元が細い……というか目を閉じてる女性に声を掛けられた。

女性は一般的な修道服とは違い、髪を全て布で押さえつけてはおらず、金色の髪が頭巾からはみ出しており、首からは十字架が先端に付いたアクセサリーがぶら下がっていた。

「えっと、ここの教会のお手伝いに来たんですけど……」

「あらそうだったのですね。でもこんなにボロボロでがっかりしたでしょうね……」

「いっいえいえっ！　とても趣があって……その……」

がっかりしたなんて思われたら色々と気まずいから何とか軌道修正しないと！

えっと……なんて言えばいいんだろう……。

「ふふっ」

私があたふたとしていると、女性はクスりと笑う。

「あぅ……」

「すみません。つい貴女が可愛らしくて」


女性は少し笑うと1回咳ばらいをして姿勢を正す。

「私はこの教会でシスターをしているアシュリーといいます」

「えっと、私はアリスです。よろしくお願いします」

「はい。アリスさん、よろしくお願いします」

「こちらこそよろしくお願いします」

お互いに自己紹介して私はアシュリーさんに教会内を案内してもらう。

教会の中に入ると、通路を中心に左右に長めの椅子が横並びにいくつも並んでおり、正面には祭壇とその祭壇の正面には大きな十字架が壁に掲げられていた。

外とは違い、内部は結構綺麗に掃除されているように見える。

アシュリーさんに祭壇の側まで案内してもらい、今回の依頼内容を確認する。

「では本日はアリスさんにいくつか手伝っていただきたいのです」

「はい。確かシスターの何人かが怪我してしまったんですよね？」

「えぇ……。皆さん先日に食材の確保のために狩りに行ったら怪我をしてしまいまして……」

「……ん……？」

今何か聞き間違いしたかな？

食材の確保のため狩りに行った……？

いやいや、きっと食材を買いに行ったを聞き間違えたんだ。

そしたら街で馬車とかの事故にあって怪我をしてしまったんだ。

そうに違いない。

「子供たちの誕生日だからといって少し張り切って火山でサニーシープを狩ると言って……まったく……」

うん、聞き間違いじゃなかった。

いやいやおかしいよね？

なんでシスターが火山で狩りするの？

ホントにその人たちシスター⁉

「こうしてアリスさんがお手伝いに来てくださったから助かったものの……」

「いっいえ……。それよりもそのシスターさんたちに塗り薬やポーション持ってきたんですが……」

私は塗り薬とポーション、そして火山というので持っていた火傷関連の薬をアシュリーさんに渡す。

「これはこれはありがとうございます。ですが恥ずかしながらこの教会にはそこまでお金が……。

正直言ってギルドで依頼した金額ぐらいが精いっぱいで……」

「いえいえ。火傷はともかく塗り薬とポーションは余っていたのを持ってきたので大丈夫ですよ」

正直塗り薬とポーションは薬草が余ってたから消費したいっていうのもあったからね。

「ありがとうございます。本日アリスさんと出会えた事と慈悲を神に感謝致します」

「そっそこまで大した事じゃないので大丈夫ですよ……」

アシュリーさん少し大袈裟な気がするなぁ……。

「っと、すみません。少し話が逸れましたね。それでアリスさんには子どもたちの相手をお願いしたいのです」

「はい、そこは構いません。ですが初対面で、しかも異邦人ですけど大丈夫ですか？」

「むしろ異邦人だからこそ色々聞いてきて大変かもしれませんよ」

アシュリーさんはクスクスと笑う。

「それと遊び道具はこちらの部屋にありますので、自由に使ってください」

アシュリーさんに案内された部屋の中には柔らかめのボールといった遊び道具が入っていた。

まぁ何を使うかというのは子供たちに任せるとしよう。

「では私は食事の準備をしますので、子供たちが起きてくるまではゆっくりしていてください」

「わかりました」

言われてみれば時間はまだ朝7時ごろだ。

ナンサおばあちゃんも元々はサイやリアたちに言付けを頼むつもりで来たんだろうけど、たまたま私がいたからそのまま頼んだのだろう。

とはいえ、まだ子供たちが起きてくる気配はないので少し教会内を見て回るとしよう。

そして教会内を回っていると、少し違和感を覚えた。

場所はまちまちなのだがところどころに棚が置いてあり、そこには十字架がいくつも置かれていた。

最初は子供たちやシスター、それに来訪者が祈りを奉げる用の十字架かと思ったが、それにしても数が少しおかしい。

棚1つずつに置いてある数は異なるが、それぞれ少なくとも10以上は置いてある。

それにわざわざ十字架を置く場所を分ける意味がわからない。

一体何のための十字架なんだろうか……？

私は複数ある棚のうち、その1つの前に止まりそこに置いてある十字架をじっと見る。

すると突然後ろから大声が教会内に響き渡る。

「そこのおねーちゃん！　その棚いじるとシスターに怒られるよー！」

びっくりして後ろを振り向くと、祭壇の近くにある扉から出てきたであろう男の子が私を指さしていた。

男の子は駆け足で私に近づいてくる。

「前にその棚に悪戯しようとしたらめっちゃ怒られたんだよ」

「そうなんだ……」

「てかおねーちゃん誰？　シスターの知り合い？」

「えっとね。私は今日この教会のお手伝いに来たアリスっていうの。よろしくね」

私は男の子の目線に合わすように少ししゃがむ。

男の子は私の全身を上から下に眺めるように視線を動かす。

「ふーん。とりあえずその棚、なんかシスターたちにとって大切な物っぽいから触んない方がいいよ」

「うん、教えてくれてありがとね」

「ん……。じゃっ俺食堂行ってくるから」

男の子は少し頬を赤らめた後、ぱっと後ろを向いてそのまま去って行った。

私何かしちゃったかな？


待っている間、ネウラやミラやフェイトを呼んで今日のお仕事内容を伝える。

レヴィも呼ぶには呼ぶけど、子供相手なのでコミュニケーションが取れる事が第一に求められる。なので負担がかかりつつ私と離れて行動する可能性のあるネウラ、ミラ、フェイトの３人には事前に話を付けておく必要がある。

レヴィは私と一緒に行動するため細かい説明をする必要はないが、１人だけはぶられてる感じになってしまうのはまぁ仕方ない事だ。

まぁレヴィも大人になったらお父さんみたいに喋れるかもしれないから、それまで我慢だね。

とはいえずっと待っているのもあれだし、怪我をしたシスターさんたちの治療でもしてようかな？

私は一旦皆を召喚石にしまい、準備をしているアシュリーさんの元へ行き声を掛ける。

「アシュリーさん」

「どうかしましたか？」

「ずっと待っているのもあれなので、私が怪我をしたシスターさんたちの治療をしてきましょうか？」

「いえそんなお手数を掛けるような事をお客様にさせるなんて……」

「いえいえ。暇ですし顔合わせも兼ねてやっておこうかなって思っているんで大丈夫ですよ」

「では……お言葉に甘えさせてもらってもいいですか？」

「はい、大丈夫です」

さて、アシュリーさんの許可も貰えたし治療しにいきますか。

アシュリーさんから怪我をしたシスターさん達が療養している部屋の場所と渡していたアイテムを受け取り部屋へと向かう。

怪我をしたシスターさんたち大丈夫なのかな……？

私は不安な気持ちを抱えながら部屋に入る。

「ヘレン！　キャルン！　アンタたち大人しく寝てなさい！」

「別に寝たきりの大怪我ってわけじゃないしー」

「じっとしてる方がやだもーん」

「キャルンちゃん……もうちょっと静かにしよ……？　アシュリーに怒られちゃうよ……？」

「イルナスは静かに本読みたいだけでしょー？　読んでればいいじゃない」

「でもうるさくて集中して読めないから……」

……えーっと……怪我人……なんだよね？

全然元気そうなんだけど……。

「ん？　誰？　見ない顔だけど」

扉の前で呆然としていた私に気付いたシスターの1人が声を掛けてくる。

「えーっと……今日ここの手伝いに来たアリスです……。皆さん……怪我人なんですよね……？」

私が尋ねると騒いでいた2人が慌てて布団の中に入った。

「あ、はい、怪我人です」

「そうそう、あたしたち怪我人だよ」

「今更遅いでしょうが……」

「私も無理があるなと思うなぁ……」

とりあえず重傷とかじゃなくて良かったかな……？

怪我を順番に診ていったが、思ったより火傷や傷は深くなく、私の持ってきた薬で十分治せるレベルの怪我だった。

「わざわざありがとうございます」

「いえいえ、そこまで大きな怪我じゃなくて良かったです」

「一先ず自己紹介をしておきます。私はフィーア。さっき静かだったのがイルナスでうるさかった2人のうち子供っぽいのがキャルン、残りがヘレンです」

「よろしくお願いします」

私が挨拶すると布団に籠っていたキャルンちゃんが恐る恐る私に声を掛ける。

「さっき騒いでた事アシュリーに言う……?」

「とりあえず言わない方向で考えているけど……」

「ホント! 良かったー!」

私の返答で安心したのかキャルンちゃんは急に布団から出てくる。

「いやーやっぱアシュリーにチクられたら怒られるからさー、言わないでくれるなら万々歳よね」

「アリスさん、先程の言葉は撤回して告げ口して構いません」

「ちょっと考えが揺らいじゃうよね……」

キャルンちゃんは1回怒られた方が良いのではと思ってしまうよねこの感じは……。

そんなこんなで傷の処置を続けているところあることに気付いた。

フィーアさんやイルナスさん、更にヘレンさんやキャルンちゃんにも古傷ともいえる無数の傷が背中などについていたのだ。

「どうかした?」

手が止まったことに気付いたキャルンちゃんが不思議そうに首を傾げる。

「ううん、何でもないよ。続けるね」

「うん!」

ここでの虐待……ではないだろう。

恐らくここに来る前に何かあったのだろうと思ったが、私は何も言わずに処置を続けた。

4人の処置を終えアシュリーさんの元へ戻ると、ちょうど食事を終えた子供たちがアシュリーさんと一緒に私の元へと歩いてきた。

「ではアリスさん。よろしくお願いします」

子供たちは再召喚した私のペットたちを見ると物珍しそうに近づく。

「ねーねーその身体どうなってんのー?」

「その羽って本物ー?」

「なんで浮いてんのー?」

そんな質問を次々と行い、ネウラたちは少し困りながら説明をしている。

そのうち聞くだけでは飽きたのか、外へ出て遊ぼうと言ってネウラたちを引っ張って外へと行ってしまった。

そして教会内には私とレヴィとアシュリーさんと大人しめな子数人だけとなった。

「えっと……とりあえず何か飲み物でも出しましょうか?」

「あー……ではお願いします」

私はアシュリーさんについていき食事をしていたであろう部屋に入る。

「それにしてもアリスさんは眷属も連れていたのですね」

「はい。この蛇のレヴィが最初の子で、それからアルラウネのネウラ、吸血鬼のミラ、そして精霊のフェイトといった具合ですね」

「精霊様もですか。それはさぞ素敵な出会いだったのでしょうね」

「あー……」

素敵どころか血生臭い出会いだったなぁ……。

「詳しくは話せませんが、ちょっと特殊な出会い方をしたので素敵とはちょっと言い辛いですね……」

「そうでしたか……。お気を悪くされてしまったのなら申し訳ありません」

「いえいえ大丈夫です！　それにフェイトもう吹っ切れてるところもあるので大丈夫ですよ！」

アシュリーさんは私が言い辛い事だと感じ、素直に頭を下げる。

その様子を見て私は慌てて顔を上げるように説得する。

アシュリーさんがそんな畏まった態度を取っちゃうと一緒にいる大人しい子たちが委縮しちゃうからね。

そんな大人しい子たちの1人が、レヴィを興味深そうにじっと見つめている事に気付いた。

「触ってみる？」

「っ！……いいの……？」

「いいよね、レヴィ？」

「キュゥ！」

レヴィはすっと私の肩から下りてテーブルの上に着地する。

そして触りやすいように大人しく頭を伸ばして興味を持った女の子が触るのを待つ。

女の子はゆっくりと手を伸ばし、レヴィの頭を撫でると嬉しそうに何度か撫でて頭だけでなく身体の方もそっと撫でる。

「わぁ……ぬめっとしてるけどちょっと硬くて面白い……！」

「こ……怖くない……？」

「うんっ！　じっとしてるから大丈夫！」

最初に触った女の子を皮切りに残りの子供たちもゆっくりとだがレヴィに触り始めた。

レヴィも嫌な顔せず、子供たちと接してくれている。

「この子たちがこんなに楽しそうにしてる姿を見るなんて久々です。これもアリスさんのおかげですね」

「いえいえ。私は何もしてませんよ。これはレヴィのおかげですよ」

実際私は何もしてないしね。

「ですがこんなに子供たちに優しく接してくれるのはアリスさんの育て方が良いからだと思いますよ。飼い主が乱暴ならその眷属も乱暴になりますし、優しければ優しくなります」

「そんな事ないですよ。元々この子たちがいい子なだけですよ」

「いえ。やはり保護者の教えというのは大事です。その保護者の教え次第では善にも悪にもなります。……私たちのように……」

「えっ？」

「いえ、何でもありませんよ。それより昼ご飯と晩御飯の獲物を狩ったシスターが昼前に戻ってくるはずなので、後でそのお手伝いもしてもらえませんか？」

「ええ、構いませんよ」

うん、もう獲物を狩ったという事は気にしないでおこう。

きっと昼ご飯と晩御飯の食料を買ったの聞き間違いだ。

きっとそうに違いない。

って、あれ？

「あのアシュリーさん」

「はい、何でしょうか？」

「何やら自給自足な生活をしている感じがあるんですが、孤児院って事は国からの寄付とかってないんですか？」

「あー……それはですねー……」

私が尋ねるとアシュリーさんは苦笑いをして顔を背ける。

「その……教会自体もボロくて……その……孤児院として認められてなくて……」

「……え……？」

「食事とかは他のシスターのおかげで大丈夫なのですが……どうしても壁とかの修繕については材料がなくて……ちゃんと外見が良ければ孤児院として認められて寄付金も入ってくるんじゃないかなーと思いつつも……そんなところにお金使うなら子供たちに使いたいというのがありまして……。

そもそもここにいる子供たちは身寄りのない子たちでして、更に奴隷雇用としてのスキルがほぼ皆無でそういう施設に入れなかった子たちを私たちが引き取っている形なので……その……」

これは……。

きちんとした孤児院にしたいけど、子供たちを優先するあまりそういった修繕ができずお金が貯まらない負のスパイラルに陥っている感じなのか……。

確かに子供たち全員が奴隷雇用としてのスキルを持っているという事ではないし、そのようにスキルが無ければ雇われる事もない。

それがプレイヤーなら余計にだ。

ある程度お金に余裕があるプレイヤーなら雇ってくれる人もいるかもしれないが、普通ならばスキルがある方を選ぶだろう。

私だって最初にサイとリアを選んだ時にはスキルをって事で探してもらったからね。

サイとリアがスキルを持ってなかったら、最初の呼び出しで出会う事すらなかっただろう。

ここで私がお金を出してあげるのは簡単だ。

でもアシュリーさんの態度からしてそんなのは絶対に受け取らないだろう。

自由に使ってと無理矢理渡したとしても子供たちを優先してしまうだろうし……。

きっと頭では修繕を優先させるべきというのは理解しているのだろうが、どうしても子供たちの事となってしまっているのだろうなぁ……。

でも私がやろうと思っても、そういった修繕スキルはないしアイテムや道具もないからどうしたものか……。

うーん……難しいなぁ……。

「たっだいまーっす！」

　アシュリーさんと話していると、教会の入り口の方から女性の元気な声が聞こえてきた。

「どうやら帰ってきたようですね。って……お客様がいらっしゃるのにあんな大きな声を……」

「そこまでお気遣いなく……。落ち込んでいるよりは元気な方がいいですし……」

「本当に申し訳ありません……」

「アシュリー！　いないっすかー？」

「ああもうあの子はっ！」

　私が気にしないとは言っても、アシュリーさんの方が気にしたようで腕をプルプルと震わせて部屋を出る。

「あっアシュリー！　やっぱりいたんじゃないっすぐえっ⁉」

　今……何か壁にめり込むような破壊音がしたけど……気のせい……？

　私は扉からそっと様子を窺う。

「痛いじゃないっすか！　いきなりなんすか！」

「どうもこうもありません！　今お客様が来ているんですからシスターらしくお淑やかにしなさいと何度も言っているでしょうに！」

「だってそういう真面目っぽいのはあたしに合わないじゃないっすかー……」

「合う合わないの話じゃないと何度言えばいいんですか！　貴女は今はシスターなんですから、シスターならシスターらしい振舞いをするべきなのです！」

「まったくアシュリーは真面目っすねぇー……」

2人が話している横には大きな猪や兎などが無造作に置かれているが、そっちは気にしないでいいのだろうか……？

「そもそもですね」

「おっ！　あそこに見ない子いるっすけど誰っすか？」

「だから話を……ってもう……」

猪や兎を獲ってきた女性は私に気づいたのか、アシュリーさんとの話を放っておいてこちらに近づいてきた。

「ねえねえ君誰っすか？　参拝者っすか？　でもここに参拝者が来るなんて珍しいっすね」

「えっと……私は……その……お手伝いで……」

「お手伝いっすか？……あー……そういえばアシュリーが頼むとか言ってた気がするっす。でもこんなおんぼろなところに来るなんて物好きっすねえ。あっあたしはエルザっていうっす」

「あ……アリスです……」

「アリスちゃんっすね。よろしくっすー！」

「はっはい……」

エルザと名乗った女性は、私に話しかけたと思ったら全く止まる気配がない。

エルザさんは背が私より全然高く、アシュリーさんよりは少し高い170㎝後半はいっているんじゃないかと思えるぐらい長身で、アシュリーさんと同様に修道服を着ているがところどころ返り血が付いていた。

そしていつの間にかニコニコしながら私の手を掴み、握手かと思ったらぶんぶんと上下に振り始めた。

エルザさんの動きの勢いが激しいせいか、布で押さえていた赤色の髪が乱れ始める。

「いやーこんなところで異邦人に会えるなんて思わなかったっすよー！」

「あうっ……あうっ……」

最初は上下運動だけだったのが、いつの間にか横回転が入り今では何故か宙に浮かんでいる状態になっていた。

「あははー楽しいっすぐぉ!?」

「あうぅ……」

「貴女って人は……！」

目が回ってよくわからないが、回転が止まったという事はアシュリーさんが止めてくれたのだろう。

幸いな事に手を離されて吹き飛ばされるという事はなく、声から判断するにアシュリーさんが目を回している私を支えてくれたのだろう。

そして教会内に置いてある横に長い椅子までゆっくりと移動し、そこに私を寝かせる。

「アリスさんすいません……」

「いっいえ……」

「エルザには後程改めて謝罪させますので……」

アシュリーさんはそう言うと離れていった。恐らくエルザさんの元へと向かったのだろう。

「うぉぉぉ頭がぁぁぁぁ！」

「シスターエルザ」

「ちょっと今無理っす！　これ頭蓋骨ヒビ入ってますって絶対！」

「いいから今すぐ付いてきなさい」

「ちょっちょっとタンマっす！　マジで痛いんすよ！」

「きなさい！」

「はっはい……」

横になってるから見えないけど、アシュリーさんとエルザさんはどこかの部屋に向かったようだ。

私の側では、先程まで話していた大人しめな子たちが私の様子を見ている。

「おねーちゃん大丈夫……？」

「うん……少しこうしていれば大丈夫だよ……」

「シスターエルザっていつも元気だから大変なんだよね……」

「うん。いつもニコニコしながら危ない事する」

「悪い人じゃないんだけどね」

「うんうん」

どうやらエルザさんはかなり元気な女性のようだ。

まさか初対面で宙に浮かんで回されるとは思わなかった……。

しばらくするとアシュリーさんとエルザさんが帰ってきて、何故かエルザさんが私の前で土下座をしている。

「この度はアリスさんに大変なご迷惑をおかけしました事を謝罪いたしますっす……」

「えっと……もう大丈夫なので……」

「アリスさん本当に申し訳ありませんでした……。今度またアリスさんに何かやらかしたら……わかってますよね？」

「ひっ！　もうしないっす！　もうしないっすから勘弁してくださいっす！」

……一体何があったのだろうか……？

エルザさん身体中ガクガク震えてるし……。

「まったく……元気なのはいいですが、初対面の……しかもお手伝いに来てくださった方にあのような事をするなんて……」

「ちゃんと反省したっす！　アリスさんにはもうあんな事しないっす！」

「……アリスさんには……？」

「こっ子供たちにも極力危ない事はしないっす！」

極力って……。

やっぱり危ない事って自覚あるのね……。

「まぁ今まで怪我がないので許していますが、もし怪我でもさせたら……」

「だだだ大丈夫っす！　安全には気を使ってるっすから！　だからアリスさん振り回してもどこも破損してないっすよ！」

「いやそういう問題じゃないかと……」

「はぁ……。ほらアリスさんもこう言ってますよ……」

あっ、ついツッコんじゃった。

「でも何も壊さなかったら問題なくないっすか？」

「えっ？」

キョトンとして首を傾げるエルザさん。

「いやでも危ない事は……」

「はいっす。危ない事には注意するっす。でも結局は何かに当たったりぶつかったりしなければ怪我しないっすよね？」

「まぁそう……ですけど……」

「そりゃあ子供たちに怪我させるわけないじゃないっすか。ゴミとは違うんすから」

「えっエルザさん……？」

「生きてる必要のないゴミだったら何かにぶつけようが当てようがどうしようがいいじゃないっすか。そう思わないっすか？」

エルザさんはニッコリと笑みを浮かべる。

その笑みには邪気や殺意などは全く感じられない。

ただ本当にそう考えているんだと思わせられるような……。

「エルザ！」

「っ⁉」

アシュリーさんの突然の大声に私とエルザさんはびくっと反応する。

「……あー……あたしちょっと顔洗ってくるっす。ついでに服の血も落としてくるっす！」

「ではその後食事の用意をお願いしますね。獲ってきたものは運んでおきますので」

「了解っす！」

エルザさんは先程の不気味な感じから一転し、出会った最初のように元気な笑顔で去って行った。

私は状況が掴めず、ただ唖然としていた。

最初に出会った頃のエルザさんと先程のエルザさん。

どちらが本当のエルザさんなのか私はわからなくなってしまった。

そんな私の様子を見かねたアシュリーさんが声を掛けてくる。

「アリスさん」

「はい……」

「先程のエルザについては……。……いえ、忘れてくださいなんて言えませんね」

「あれは……あのエルザさんは一体……」

「昔……色々ありましてね……。その影響と思ってください。でも根は良い子なんですよ」

「はい……それはわかります……」

一見危ない事をしてても周りを見て怪我には注意しているし、あの元気な笑顔は作り笑顔とかじゃなかった。

「とはいえ、いきなり納得しろと言われても困りますよね……」

「正直言えば……そうですね……」

「ふふっ……アリスさんは正直ですね」

「すっすみません……」

「いえ、謝る必要はありませんよ」

アシュリーさんはすっと立ち上がり、3歩ぐらい歩くとこちらに振り返る。

「……アリスさん。つかぬ事をお聞きしますが、よろしいですか？」

「はい……」

「アリスさんは……罪を背負うためだけに生まれてきた子供について……どう思いますか？」

アシュリーさんはロザリオを両手でぎゅっと握ってそう私に問い掛けた。

「アリスさんは……罪を背負うためだけに生まれてきた子供について……どう思いますか？」

アシュリーさんは真剣な顔つきで私にそう問いかける。

「それは……」

「初めて会ったばかりの方に聞くような事ではないとは思います……。ですが先程の事をアリスさんが見てしまった以上……聞いておきたいのです……」

先程の……ということはエルザさんの事だよね……？

つまりエルザさんは罪を背負うためだけに生まれてきた子供っていう事なんだろう。

でも罪って一体……。

「……私は……そう難しい事はわかりません……。生まれた環境とかもありますし……生きるためには悪い事をしなきゃいけない事だってもしかしたらあるかもしれません……。私の生まれた国は平和だったのでそういう事はなかったのですが、詳しくはわかりませんが他の国ではそういった事もよくあるのかもしれません……。ですのでそんな子供が私に助けを求めていたとすれば助けてあげたいなぁとは思います……。まぁ色々難しいと思いますけどね……」

実際経済面や倫理面など色々な問題があるため、簡単に助けるなんて事はできないし言えない。

でも、手を貸すぐらいならしてあげたいとは思う。

それがその子の支えになってくれると信じて……。

「そう……ですか……」

私の答えを聞き、アシュリーさんは心なしかほっとしたように見えた。

「アリスさんはお優しいんですね……」

「そうでもないですよ……。私だって酷い事をしたことだってありますし……」

「でもそれを悪い事と理解していますよね？」

「えぇ……まぁ……」

アシュリーさんは再び私の隣に座り、少し上を見上げる。

「……少し……昔話をしてもいいですか……？」

「……はい」

「ある……子供の話です……。その子供は生まれた場所を知りません。そもそも親というものを知りませんでした。そんな子供がどうやったら生きていけると思いますか？　あっ一応物心はついている年頃と思ってください」

「えっ？　えーっとまずは食事の確保……？　いやでも寒さをしのげるところを確保しないと……」

私があーだこーだ悩んでいるとアシュリーさんはクスっと笑う。

「ふふっ、そんな考えるような事ではありませんよ。実際その子供は町をうろうろしていたところをある大人に引き取られました。そしてその大人の言う事を聞いて言う通りに行動するだけです。そうすれば食事も寝床も用意されましたからね」

「まぁ食事も寝床もあるなら……」

「ですがその大人に引き取られたのはその子供1人だけではありません。多くの子供たちが引き取られていたのです。そんな子供たちは互いに干渉などせず、ただ大人の言う通りに行動します。その行動がどんな事なのかも理解せずに……」

「もしかしてその子供って……」

「その子供たちは人形のように何も感じず……考えず……ただ言われるままに言われた事をしました……」

「アシュリーさん……」

「ですがそんな生活も終わりを迎えます。ある時突然その子供たちは解放されました。ですが自分で考えることを放棄した子供たちは、解放されたとしてもどうすればいいかなどわかりません。自由に生きろと言われても自由が何なのかなどわかりませんからね」

昔話を語るアシュリーさんの表情は語れば語るほどに暗くなっていく。

そこで私は1つ質問をしてみる。

「その子供たちは……何故解放されたのですか？」

「そうですね……。強いて言えば異邦人の方が来られたからですかね……」

私たちが来たから……？

「それは一体どういう……」

「……その子供たちは端的に言えば戦うために集められていました。魔物は勿論の事、不穏分子の排除といった事も行っていました。ですが不穏分子はともかく、魔物については異邦人の方々がいればそうそう必要はありません。そういった諸々の事情から解放されました。あと誤解しないでもらいたいのですが、アリスさんたち異邦人が来てくださったことで命を失わずに済んだ子供たちも多くいますので、決して迷惑だったという事はありませんからね」

アシュリーさんは私が言おうとした事を察して一言付け加えてくれた。

実際私たちが来た事で、子供たちが放り出されてしまった事には変わりなかったのだが、恐らくその関係者であるアシュリーさんがそう言うからにはその通りだったのだろう。

だが間接的に私たちによる影響があるからこそ、私は1つ踏み込んでみる事にした。

「アシュリーさん、1つ聞いてもいいですか？」

「……はい」

「その子供たちは……今は幸せですか？」

アシュリーさんは私の問いに驚いたように口を少し開けるが、すぐに口角を少し上げて微笑んで答える。

「えぇ。暮らしは大変ですが皆元気に過ごしています。とはいえ普通の生活というのを教えるのも大変だったと聞きましたね。学もないので何がいけないのかといった事も1つ1つ教えないといけませんし、長年沁みこんだ習慣というのもそうそう無くなるわけではありませんからね。それに……」

「それに面倒を見ている人に怒られるような事を一杯して住処がボロボロになったりとかですか？」

「なっ⁉」

アシュリーさんは少し焦って頬を赤らめる。

「毎回説教する度に床とかが破損してたら大変ですよね」

「べっ別に壊してるわけではないですよ！　あれはエルザやヘレンたちが怒られるような事を……っ！」

自分の言い過ぎた発言にはっと気づいたアシュリーさんは口を両手で押さえるようにする。

そして目は閉じたままだが、私を恨めしそうに見つめているような雰囲気を醸し出している。

「アリスさんは優しいですが少し意地悪な方ですね……」

「別に私は意地悪をしたつもりはありませんよ。でもその子供たちの今を話しているアシュリーさんはどこか嬉しそうに見えましたよ」

実際先程のアシュリーさんはどこか生き生きとしていたように見えた。

その事を指摘すると、顔を更に赤くするのだからまんざらでもないのだろう。

「まったくアリスさんには敵いませんね……」

「そんなことないですよ。私だって教えられた立場ですから」

アリカという私の中の負の部分。

その負の部分を含めて私という存在なのだという事をあの事件で教わった。

「過去に何かがあったから自分は幸せになってはいけない、なんていうのは結局は逃げなんだと思います。だからこそ自分自身の正も負も受け入れて前に進む事が大事なんだと思うんです。でも1人じゃうまく進めない事だってあります。そんな時こそ側で支えてあげればいいんだと思います」

私はすっとアシュリーさんの手を取って両手で包むように握る。

「その子供たちが世界は黒く濁って何も見えないものだと思っているなら、そんな世界でも光り輝くものだってあるんだってことを教えてあげればいいんですよ」

「アリスさん……」

アシュリーさんは何か感動したように私の手を握り返す。

「アリスさん……貴女が聖女でしたか……」

「……いえ違います……」

あれ……？

今そういう流れだったっけ……？

「うぅっ！　感動したっす！」

そしていつの間にか私の後ろの方にいたエルザさんがすすり泣いてるし……。

「アリスさんも色々あったっていうのに、今日会ったばっかりのあたしたちのようなゴミのような存在にも救いがあるって教えてくれるなんて……！　あたしアリスさんに一生付いていくっす！」

「私が言うのも何ですがちょろくないですか⁉」

「シスター！　今までお世話になりましたっす！」

「エルザ！　勝手に話を進めるんじゃありません！　アリスさんのところへ奉公に行くなら色々と契約書を用意しないといけないんですから！」

「アシュリーさんも落ち着いてください！」

いい話してたはずなのに……。

もう全部台無しだよ……。


「すみません。つい気がはやってしまって……」

「でもでもシスター！　聖女がいる教会って事でお布施が増えるかもしれないっすよ！　いっそのことアリスさん教にしちゃいましょうっす！」

「それだけはやめてください」

今の首狩り教だけでも大変なのに、もし仮にそんなことになったら……。

「ここがアリスを聖女として崇める教会……！　すぐに建て直しする！」

「今すぐこの周辺の土地で購入可能な場所の確保を！」

「ここが使徒様を聖女として崇め奉る教会……！　すぐに私たちの本部を支部として扱ってもらえるよう交渉の準備を！」


といった具合に暴走する面々の姿が想像できる……。

いやまぁ首狩り教の方は会ったことないから想像でなんだけどね？

「ともかく、そういった事はやらないようにしてくださいね？」

「なんでっすか？　アリスさん可愛いし人気出ていいじゃないっすか」

「割と今のままでもやばいんで……」

「なんか……あったんすか……？」

「まぁ色々と……」

これ以上知名度上がったら街出歩けなくなりそうだし……。

「でもそんな有名人なのになんでこんな報酬もしょっぱいとこに来たんすか？」

「元々はエアストの知り合いの人に頼まれて来たんだけど、正直ここまでボロボロとは思わなかったのもあって……」

「あーあっちの方っすかー。だったらここの状況までは知らないっすよね。たぶん依頼の方も詳しくは伝えてなかったたっぽいっすね」

「でも今日ここに来れてよかったと思うよ。エルザさんやアシュリーさんたちに会えたからね」

「おぉ……やっぱりアリスさん聖女っすか……？」

「いやだから違いますって……」

何故すぐ聖女にしたがるのだろうか……。

確かにアシュリーさんの話からエルザさんたちは色々あったんだろうなとは予想できるけど、今は普通そうだからそんな癒しとかがないといけないという風には見えないけど……。

「やっぱりシスター！　あたしアリスさんのところに行きたいっす！　あんな聖人のところでお世話になり……仕事したいっす！」

癒しが……必要……なのかな……？

……仕方ない、少しガス抜きを手伝ってあげよう。

「エルザさん」

「はいっす。どうしたっすか？」

「ちょっとこっちに来て」

私は近くの横長の椅子に座って膝をパンパンと軽く叩く。

エルザさんは何かわからない様子で私の隣に腰を下ろす。

「じゃあそのまま横になって私の膝に頭置いてね」

「えっ⁉　なっ何が始まるんすか⁉」

「んーまぁガス抜きかな？」

エルザさんは私に言われるまま私の膝の上に頭を置いて横になる。

私はエルザさんが横になったのを確認し、膝の上にある頭をゆっくりと撫でる。

「ふぉぉぉぉぉ!? なんすかこれ!? なんすかこれー!?」

「これは膝枕って言うんだよ。どう? 落ち着くかな?」

「頭を太ももに置いて撫でてもらってるだけなのになんすかこれ!? めっちゃ落ち着くっす! つか何か身体がびくびくっと反応するっす!」

おっどうやら気に入ってくれたようだ。

これで少しは落ち着いてくれるかな?


「ふひっ……あへぇ……」

「あっ……あれっ……?」

気が付くとエルザさんは身体中をビクビクっと痙攣したように震わせ、頬を赤くして白目を剥いていた。

私……何か変な事やったっけ……?

「あっあの……アリスさん……」

「はっはいっ!」

「たぶんですが……エルザはアリスさんの行ったような事に慣れていないため、あまりに気持ち良くて今のようになってしまったのでは……?」

「えっ……？　いやだってただ撫でてただけで……」

「その撫でられるという事自体に慣れていないのと、アリスさんが撫でるのが上手かったのではと……」

「え……？」

いやいやいや！

今まで誰かを撫でたりしてあげたことはあるけど、誰もエルザさんのようになったことないよ⁉

「ともかくこれではしばらくエルザは動けませんね……」

「すっすみません！　エルザさんが復帰するまでエルザさんの仕事もやります！」

私はとにかく頭を下げて謝る。

ガス抜きのつもりが活動不能にさせるとは思わなかったが、結果的にエルザさんが動けない状態にしてしまったのだ。

私が代わりにエルザさんの仕事をするしかない。

「そうですねー……食事の用意は既にエルザが済ませてますし……」

アシュリーさんは教会内をキョロキョロと見る。

そして何か思いついたのか、少し表情を柔らかくしてこちらを向く。

「では1つ、お願いしたい事がありますのでついてきてもらえますか？」

「はいっ！」

私は横長の椅子に横になっているエルザさんに毛布を掛けてアシュリーさんの後をついていく。

アシュリーさんは教会から出て、教会の横の土地に入る。

そこにはいくつものお墓が建ててあり、恐らく共同墓地やそういった場所なのだろう。

ここの掃除かなとも思ったのだが、アシュリーさんはどんどん奥へと進んでいく。

そして一番奥と思わしき場所には一際大きい石碑があり、アシュリーさんはその前で止まる。

「えっと、この石碑の掃除ですか？」

「いいえ、掃除……ではありませんよ。……『──────』」

「っ⁉」

アシュリーさんが石碑に手を当てて何かを唱えると石碑がゆっくりと動き、下へと続く階段が現れた。

「どうぞこちらへ」

アシュリーさんは3段ほど階段を下りてこちらを向いて手を伸ばす。

私はその手を掴んで一緒に階段を下りる。

「大変暗いので足元には注意してくださいね」

「はい……」

私は日の光が届かなくなる前に簡易的だが松明を作ってそれをアシュリーさんに渡す。

おかげで真っ暗ではなくなったが、かなり深いように感じる。

しばらく階段を下りると、そこには大きな空間が広がっており、その奥には大きな扉が立ち塞がっていた。

「ここは一体……」

「ここはかつての王国の闇。そして死した者たちの怨念によりダンジョンとなってしまった場所です。この場所を知っている者たちはこの場所をこう呼びます。『嘆きの里』と……」

「王都の地下にダンジョンがあるなんて……」

「はい。それ故にここは王国の中でもトップシークレットです。そしてこの中は常に狂気が蔓延っており、一般人が入れば1分と持ちません。更にこのダンジョンは王国から危険指定区域とされており、許可された者しか立ち入る事を許されておりません」

「ではなんでそんな場所に私を……？」

許可された者しか立ち入っちゃいけないんじゃ私は入っちゃダメなんじゃ……？

私の不安を察したのか、アシュリーさんは説明を続ける。

「大丈夫ですよ。ここに立ち入ってはいけないのは王国民だけです。アリスさんたち異邦人には適用されません。ただし、この場所を王国民に教える事は推奨しませんけどね。そしてここの管理を任されているのは私。アリスさんならその意味がわかりますよね？」

私はアシュリーさんの確認に頷く。

あの大きな石碑を動かした事から、アシュリーさんの許可無しではこの場所には来れないということだろう。

「幸いこの場所付近にはほとんど人通りがありませんから異邦人の方が大勢来られても然程の問題はないです。ですが、それでも王都に住む人たちからしたら王都内にダンジョンがあるなどと知られたら大きな騒ぎの原因となってしまいます」

確かに自分たちの住む町にそんなものがあったと知れば大きな混乱が起こるだろうしね。

今までのダンジョンは近くと言っても一応は町の外にあったし、警備の人もいた。

だがここは違う。

王都内にダンジョンがあり、更には警備の人はいないでアシュリーさんが管理しているだけ。

そりゃあ知られたら心配になるよね。

「とは言ってもこのダンジョンの魔物自体はそこまで強くないのですよ」

「そうなんですか？　じゃあなんで危険指定区域に？」

「簡単に言えば自分たちのテリトリーではないからですね。このダンジョンは危険な罠などのギミックが多数存在しています。そして……」

「そして……？」

「……いえ、その理由は実際に体験してもらった方が早いですね」

アシュリーさんはそう言って大きな扉の方へ向かう。

「大丈夫ですよ。この扉はあくまでダンジョンに入れるかの資格を測るために設置されました。本来の入り口の扉はこの扉の先にあります」

アシュリーさんは私の方へ手を伸ばす。

私はその手を掴むために扉の前へと移動する。

「では開きます。先に言っておきます。心を強く持つように」

「？　は……はい……」

心を強く持つ……？

一体どういう……。

ふとそんな事を考えているうちにアシュリーさんが扉を開き、私の手を掴んで前へと進む。

そして一歩中に入った瞬間、異変に気付いた。

「なに……これ……」

空気が一気に冷え込んだように感じ、身体が震えを覚える。

更に冷や汗が止まらず、呼吸も荒くなってきた。

アシュリーさんはその様子を一目確認し、更に一歩前へと私を連れて歩く。

強制的とはいえ、その一歩を歩くのがとても不快に感じる。

身体が……心が……本能がもう先へと行きたくないと訴えるように血の気が引いていく。

そしてその一歩を踏んだ時、更なる異変が私を襲った。

「あぁぁぁぁぁぁぁぁ!?」

頭の中に異常なほどの殺意・悪意・恨み・妬み・嗜虐・狂気といった負の感情が流れ込んできた。

何よりも殺意の感情が強すぎる。

もう何が何だかわからない。

目の前が真っ暗になって自分の身体が自分のものじゃないように感じられる。

虚ろとなっていく視界の端に、薄っすらといつの間にか手に握られた脇差が映った。

そしてその手は私の首を目掛けて刺し貫こうとする。

その瞬間、私の身体は宙に浮くのと痛みを感じて吹っ飛ばされた。

「あぐっ⁉︎」

気が付くと私は先程下りてきた階段の近くの壁に背中を預けていた。

ガタンという何かが閉まる音がし、アシュリーさんが私に近づいてくる。

「どうですか？　今の気分は」

「……最悪ですね……」

正直言って気持ち悪い。

吐き気というよりも殺意に支配されそうになった事の方が大きい。

「これが危険指定された一番の理由です。【狂気耐性】がないものがあの中に入れば先程のアリスさんのようになります」

「確かにこれは危険ですね……」

何も知らずに入れば1人ならともかく、複数人なら殺し合いが起きてもおかしくない。

それもダンジョンに入る前でこれだ。

ダンジョン内ではこれより更に酷くなるのだろう。

全く……運営も恐ろしいダンジョンを用意したものだ。

敵は弱いがギミックが恐ろしいダンジョン。

【発見】や【狂気耐性】などの対畏、環境適性が必要なダンジョンということだね。

「でもアシュリーさんは大丈夫って事はやっぱり……」

「はい。ちゃんと【狂気耐性】を持っています」

「やっぱり……」

一息つこうと思うと、誰かが階段を下りてくる音が聞こえてきた。

「2人ともこんなところで何やってるんすか？　もう子供たちご飯食べて昼寝しちゃってるっすよ？」

エルザさんが下まで下りてきて現状を報告する。

こんな場所があるにも拘わらず驚きもせずに……。

「もうそんな時間でしたか。ではは戻るとしましょうか」

「そうっすね。ってアリスさんなんか気分悪そうじゃないっすか？　背負うっすか？」

「あー……うん……お願いするね」

「任せるっす！」

エルザさんは私を背負い、アシュリーさんとともに階段を上る。

「……エルザさんもあそこを知っていたんですか？」

私はふとそんなことを尋ねてみた。

答えは予想しているのだけどね。

「知ってるも何も、あたしたちはあそこで生き残ったから今も生きてるっす」

「え……？」

「あの中で3日間生き残る。それが最終試験だったっすからね。いやぁ何度も死を覚悟したっすよ。あいつに捕まったらもう死亡確定っすからね。しかも捕まった子を拷問して泣き叫んでる声を外に聞かせる超嗜虐的趣味っすからね。そのせいで狂って更に捕まった子も多かったっすねー」

「ちょっ!? 拷問って一体!?」

「あれっ？ シスターそこまでは言ってなかった感じっすか？」

「嬉々として聞かせる内容でもありませんしね。拷問して喜ぶような化け物の話などするものではありません」

「別にシスターのせいってことじゃないじゃないっすか。あたしたちも怨んでるわけでもないんすから」

「ですが貴女たちをあそこに送り込んだのは私です。その罪は消えません」

「全くシスターも頑固っすねー……」

今の会話で一つ気付いた事があった。

教会内に置かれていた棚の中で、1つだけやけに十字架が多かったものがあった。

もしさっきの話が本当だとしたら……あの棚はアシュリーさんの……。

考え込んでいるといつの間にか地上へと戻ってきており、アシュリーさんが再度石碑を動かして入口を閉じる。

私はもう動けるとエルザさんに言い、3人でゆっくり歩きながら教会へと戻った。

その後、昼寝から起きた子供たちと遊びつつアシュリーさんたちの手伝いをして依頼を終える事となった。

そして教会を去る前にアシュリーさんと少し会話をした。

「アリスさん。ダンジョンの件ですが……」

「大丈夫ですよ。余程の準備が整わないと行くのは厳しそうですし、公開するにしてもしばらく後にしておきます」

「ありがとうございます。それと来られるのでしたら深夜にお願いしてもいいですか？　下手に大勢来られると人通りがないとしても勘繰る方もいらっしゃるので……」

「わかりました。時間は深夜限定という事にしておきます。そしてダンジョンに入るにはアシュリーさんの協力が必要ということでー……何かダンジョンに入るための合言葉とか作っておきますか？」

「合言葉ですか……」

2人して「うーん……」と考える。

「では……『我らに贖罪の機会を与えたまえ』というのはどうですか？」

「アシュリーさん……それって……」

「ふふっ……。では合言葉はそれでお願いしますね」

「……はい、わかりました。ではお世話になりました」

「いえいえこちらこそありがとうございました。またいつでもいらしてくださいね」

「はい。今度はシスター全員とも会いたいです」

「では怪我をしないようにお願いしないといけませんね」

私たちが楽しく話していると、エルザさんがふくれっ面をしてこちらを見ていた。

「シスターだけずるいっす……。あたしだってアリスさんともっと喋りたいっす……」

「シスターエルザは五月蠅いから私たちとここで待機っ！」

「シスターエルザが行くとおねーちゃんが帰れなくなるからダメっ！」

「うぅー！　酷いっすー！」


【情報交換】雑談スレＰａｒｔ41【でもしよう】

３５７：名無しプレイヤー
　いやぁ乱世乱世
３５８：名無しプレイヤー
　もう同情すらできねえよ
３５９：名無しプレイヤー
　生産職から出禁食らってて草しか生えない
３６０：名無しプレイヤー
　因果応報ってやつやな

361：名無しプレイヤー
あーもうめちゃくちゃだよ

362：名無しプレイヤー
今北産業
久々に来たが何かあったん？

363：名無しプレイヤー
>>362おっす
久々って事は何も知らん感じか

364：名無しプレイヤー
>>362おっすおっす

365：名無しプレイヤー
>>363>>364チーッス
うん何も知らんよ　何か大きなことでもあったん？

366：名無しプレイヤー
>>365ラグナロクが家持ってる生産職一同から出禁食らった（笑）

367：名無しプレイヤー
>>366……は？

368：名無しプレイヤー

まぁ態度とか悪かったしなぁー……

369：名無しプレイヤー
自業自得としか言えんわ

370：名無しプレイヤー
いやいや、出禁って何したん……？

371：名無しプレイヤー
＞＞370詳しい話はわからないが、ともかく態度が酷い
聞いた話では他のプレイヤーより攻略マップ広げてる俺ら優先しろとかそんな感じで生産職に迫ったり、他の客もいんのに回復アイテムとかを全部買おうとしたりな

372：名無しプレイヤー
いやまぁ別にこの世界がゲームなのは確かだが……だからって……なぁ……

373：名無しプレイヤー
＞＞372生産職のやつらも迷惑掛けなかったらどんなプレイしてても文句は言わんよ
でもあいつらはなぁ……

374：名無しプレイヤー
DQNの集まりはやはりDQNだったか……（遠い目

375：名無しプレイヤー
＞＞374噂じゃ第4陣だか3陣だかの女性初心者に迫ったとかうんとかかんとか……

376：名無しプレイヤー
リアルDQNはマジでNG
377：名無しプレイヤー
通報されて　どうぞ
378：名無しプレイヤー
なおわいの掴んだ最新情報によると、とんでもないところに喧嘩売った模様
379：名無しプレイヤー
＞＞378聞きたいような聞きたくないような……
380：名無しプレイヤー
好奇心は猫をも殺すというが……気になる……
どこの大手ギルドだかリーネだかウォルター辺りに喧嘩売ったんだ？
381：名無しプレイヤー
喧嘩売ったところは……【首狩り姫】のお店でした（白目
382：名無しプレイヤー
……え？
383：名無しプレイヤー
えーっと……
384：名無しプレイヤー

…………（頭を抱える

385：名無しプレイヤー
いやまぁバカだとは思ってたけどさ……

386：名無しプレイヤー
よりによってあそこかぁ……

387：名無しプレイヤー
Oh……

388：名無しプレイヤー
いやまぁ……確かに生産職としては勢力は小さいぞ……？
でも彼女に喧嘩売るって事はその周りがだな……

389：名無しプレイヤー
えーっと……まずリーネだろ？　つかまずこの時点で大手生産職アウトだろ？
次に銀翼だから……大手ギルドもアウト……。
更に【病毒姫】に【人形姫】、【高速剣】辺りの二つ名勢アウト……。
ついでに首狩り教を全面的に敵に回す……。
あれ？　詰んでね？

390：名無しプレイヤー
＞＞389それに付け加えるならエアストの薬師のナンサさんだっけか？　あの人もアウトに

なるからまず町の住人からの心証は最低だな

３９１：名無しプレイヤー

＞＞３８９＞＞３９０詰みゲーオワタ

３９２：名無しプレイヤー

＞＞３８９＞＞３９０引退待ったなし

３９３：名無しプレイヤー

あの店の常連としては彼女自身凄く良い子だし、声掛ければ普通に話もしてくれるから喧嘩売る事自体損としか思えないんだが……

３９４：名無しプレイヤー

後ろ盾がでかいんだよなぁ……

３９５：名無しプレイヤー

これが人脈チートっていうやつか……

３９６：名無しプレイヤー

あの裏山幼馴染（男）と話してたら少しぼやいてたけど、アリスちゃんその人脈チートの割に人見知りなんだぞ……？　信じられるか……？

３９７：名無しプレイヤー

＞＞３９６うっそだろ……

３９８：名無しプレイヤー

人見知りってなんだっけ（哲学

399：名無しプレイヤー

あの子自身はそんなに騒がないから何か問題あってもそう話題になってないところあるよな

400：名無しプレイヤー

戦闘面以外では普通の大人しい女の子だしな

401：名無しプレイヤー

てかウロボロスもラグナロクを放置しないで対処してもらいたいもんだけどなぁ……

402：名無しプレイヤー

＞＞401まぁあっちは迷惑掛けないだけマシと思え……

403：名無しプレイヤー

そういやウロボロスと言えば最近見なくなったな

404：名無しプレイヤー

＞＞403誰を？

405：名無しプレイヤー

あれだよあれ、【冷徹】

406：名無しプレイヤー

＞＞405確か無表情のままモンスターを倒しまくる姿から付けられたやつだっけ？

407：名無しプレイヤー

＞＞４０６そうそう　目元以外顔隠してたし、【隠蔽】スキル持ってたから名前すらわからないから【正体不明】とも言われたけど結局は【冷徹】っていう二つ名で収まったやつだ
４０８：名無しプレイヤー
顔隠す必要無くなって前と同じ格好じゃないから見つからなかっただけじゃ？
４０９：名無しプレイヤー
でもその割には戦闘で似たような動きしてるやつがいないんだよなぁー
この前もウロボロスのやつらの戦闘見たけど
４１０：名無しプレイヤー
＞＞４０９たまたまいなかったとかじゃね？
４１１：名無しプレイヤー
＞＞４１０まぁそうかもな
４１２：名無しプレイヤー
それよか→の件どうすっか……
これ広めるとラグナロクの連中自暴自棄で何やりだすかわかんねえぞ……？
４１３：名無しプレイヤー
＞＞４１２あー……それが一番怖いな……
４１４：名無しプレイヤー
＞＞４１２でももう誰かしら広めてそうなんだよなぁー……

先に手を打って注意勧告を→の後ろ盾に言っておいた方がいいのかなぁ……
実害は今のところないので直接手は出さないでくださいって……

４１５：名無しプレイヤー
＞＞４１４リーネや銀翼はともかく……

４１６：名無しプレイヤー
＞＞４１４二つ名勢と首狩り教がなぁ……（白目

４１７：名無しプレイヤー
とりあえずラグナロクの動向には注意するよう頼むわお前ら……

４１８：名無しプレイヤー
＞＞４１７あいよ

４１９：名無しプレイヤー
＞＞４１７問題になったらこっちも死活問題だしなぁ……

首狩り教本部ｐａｒｔ２［転用禁止］

１：首狩り教教祖
ここは我ら首狩り教の使徒であらせられる【首狩り姫】様を崇める場所である。
入信を希望する者の条件

1：【切断】スキルの所持
2：モンスターの首を本部に持ってくること
3：【首狩り姫】様に迷惑を掛けない
これら三点を守れる者を歓迎しよう。

～～～～～～～～～～

105：首狩り教教祖
それにしても皆羨ましいものです。
私はその日用事があって参加できませんでしたからね。
106：首狩り教教徒
教祖様の無念、心苦しく思います。
ですが参加した我ら一同、大変有意義であったと思います。
107：首狩り教教祖
そう気を使わなくてもよいのです。
皆の糧になったのであれば幸いです。
108：首狩り教教徒
使徒様のご活躍で信徒は増えましたが、やはり【切断】スキルの難易度がネックなようです。

１０９：首狩り教教徒
直に使徒様と戦った感想から、もしかすると使徒様は何か【切断】スキルの判定を広げる方法を得ているのかもしれません。
斬られた際、私が感じる判定から少しずれていたように思えました。
１１０：首狩り教教祖
となりますと、何かステータスやスキルと一緒に使う事で判定が広がるのかもしれませんね。
ですが判定が広がったとしても、戦闘中に難なく当てるのは容易くはありません。
流石は使徒様です。
ですが信徒のためにそういった判定が広がるのを調べる必要がありますね。
１１１：首狩り教名誉顧問
新しいのできたから納品する
１１２：首狩り教教祖
これは名誉顧問殿。
では入会が早い順に順次配布していきたいと思います。
納金の方はいつも通り受け取った方から送られる手筈となっております。
１１３：首狩り教名誉顧問
了解
とりあえず後何個ぐらい作っておけばいい？

114：首狩り教教祖
ゆっくりですが少しずつ信徒が増えていっているため、余裕を持って現在お願いしている数からあと20個ほど作製をお願いします。
余った分は私が買い取りたいと思います。
115：首狩り教名誉顧問
わかった
……あと1つお願いがある
116：首狩り教教祖
はい、何でしょうか？
117：首狩り教名誉顧問
本部のアリス像の隣に一つ飾ってもらいたいものがある
これはアリスの許可を得た後になるから確定ではないけど
118：首狩り教教祖
……それは使徒様に関連のあるもので？
119：首狩り教名誉顧問
関連ある
もし成功したらアリス喜ぶ　はず
120：首狩り教教祖

畏まりました。
ではそちらは使徒様のお返事があり次第お届けください。
121：首狩り教名誉顧問
頼んだ
じゃあまた
122：首狩り教教祖
今後ともよろしくお願いいたします。
123：首狩り教教徒
名誉顧問殿も色々手掛けてますね。
それにしても一体何を飾りたいのでしょうか？
124：首狩り教教祖
私には使徒様のご友人であらせられる名誉顧問殿の考えはわかりません。
ですが、使徒様のお役に立てるのであればこの首狩り教、全力でお手伝いさせていただく所存です！
125：首狩り教教徒
お話し中のところ失礼します。
126：首狩り教教祖
どうぞ。

何かありましたか？
１２７：首狩り教教徒
良い報告と悪い報告がありますが、どちらからお聞きになりますか？
１２８：首狩り教教祖
ではここはまずは良い報告から聞くとしましょう。
１２９：首狩り教教徒
では報告させていただきます。
たまたま私が王都の方へ出かけていたところ、使徒様がとある町はずれの教会のお手伝いをしているところを目撃いたしました。
そして使徒様のお手伝いが終わって後日、その教会でお話を伺ったところ、使徒様を聖女としたいという教会の関係者からお話を受けました。
ですが使徒様自身はそういった扱いを拒否したらしく、やめてほしいとの事で断念したそうです。
とはいえ、使徒様が王都の方から……しかも教会の方から聖女として認定されたのは喜ばしい事だと思い、報告させていただきました。
１３０：首狩り教教祖
それは大変喜ばしい事です。
可能でしたらその教会と今後も懇意にしたいところです。

131：首狩り教教徒
では後日伺ってその旨を伝えたいと思います。
132：首狩り教教祖
お願いいたします。
では悪い報告の方をお願いします。
133：首狩り教教徒
はっ！　では悪い報告をさせていただきたいと思います。
数日前、使徒様のお店にラグナロク所属の1人が訪れました。
そして何やら一悶着あったようで、少し探ってみたところラグナロクが出禁になったそうです。
その関係からもしかすると使徒様に何か危険が及ぶのではないかと考えております。
134：首狩り教教祖
そのような事がありましたか……。
135：首狩り教教徒
はい。
ですので僭越ながら私めが使徒様不在時にお店の方を外から警護しております。
136：首狩り教教祖
では数日姿が見えなかったのはその事もあったからですね。
ご苦労様です。

１３７：首狩り教教徒
いえ。
七つの大罪の件もありましたので、住人の方にも何が起こるかわからない状況、こういった事は必要と考え行動したまでです。
ラグナロクの方も、下手に手を出して刺激するのは危険と思い、そちらの動向は他の教徒が監視するだけに留まっております。

１３８：首狩り教教祖
ありがとうございます。
ですが皆過激にはならないようにお願いしますね。
使徒様もそういった争いは好まないでしょう。
ただし、もしあちらが使徒様に直接手を出してきた時には……わかっておりますね？

１３９：首狩り教教徒
はっ！

１４０：首狩り教教徒
全ては使徒様のために！

１４１：首狩り教教祖
では皆、人数も増えてきたので新しく入ってきた者の教育等を引き続きお願いいたします。

「暑い……」

おかしい……もうそろそろ8月が終わるはずなのに全く暑さが変わらない気がする……。

本来ならばNWOにログインして気持ちだけは涼んでいるはずなのだが、メンテナンスの影響で現在ログインできないのだ。

どうやら次のイベントの準備だかなんだかのためのメンテナンスだという。

それでも正悟が言うには普通のオンラインゲームよりはメンテナンスが明ける時間はかなり早いとのことで、お昼には入れるとのことだ。

別に公式のお知らせを見るのがめんどくさくて正悟に聞いたとかじゃないからね？

「しかしイベントかぁ……」

一番新しいのだとミラをペットにした吸血鬼イベントだったよね？

それでその前は罠一杯のダンジョンからの脱出だから……次はどんなのが来るんだろ？

時期としては9月ぐらいになるからお月見とかかな？

でもゲーム内だと12月だから……クリスマスとか……？

そうなると耐寒装備とかを揃えておいた方がいいのかな？

「とは言ってもまだ時間あるなぁ……」

よしっ！

私はベッドから起き上がり服を着替えて部屋を出る。

「ふぁーぁ……」

昼までメンテ明けねぇから暇だからって寝過ぎたか？

身体を起こして少し背伸びをする。

ってまだメンテ明けまで1時間ぐらいあんのか。

何すっかなぁー……。

「おはよ、正悟」

「あー……おはよー……」

……ん？

あれ？

今何かおかしくなかったか？

俺は寝ぼけている頭で声がした横を見てみる。

「どうしたの？」

「……なんでアリサが俺の部屋に……？」

「正悟のお母さんが入れてくれたから。ちなみに鈴は今日お出かけしてて留守だった」

「あーはいそうですか……」

「ってことでメンテ明けるまで何か話でもしよー」

アリサは半袖の白のTシャツに青色のスカートを穿いて俺のベッドに寝転んでおり、両足をバタバタと上下に動かしている。

「わかったからとりあえず足を止めて起き上がれ……」

「ん……？　足を止めて……起き上がる？」

アリサは俺の指示を復唱して姿勢を正す。

だがバタ足を止めたのはいいが……何故正座の姿勢になった……。

「これでいいの？」

「いや……普通にベッドに座れって意味で言ったんだ……」

「……あぁ！」

何「なるほどっ！」的な感じで理解してんだ⁉

アリサが理解したところで俺もアリサの横に座り、アリサの方を向く。

「んで何話すんだ？」

「えーっと、次のイベントについてかな？」

そういや告知来てたな。

つかアリサに教えたの俺だけどな。

「んで、アリサはどんなのだと思うんだ？」

「一応この前はある意味防衛と攻撃が半々ずつのイベントだったし、次はキャンプの時みたいに過ごす系か撃破系のだと思うなー」

まぁ妥当なところだよな。

とは言っても前回のは将来的に俺らが行けるところだから、次のもそういう関係でもおかしくはない気がするんだよな。

そうすると前は西洋的だったから今度は和風ってところか？

できれば米があれば生産職は喜びそうだな。

まっ、それはアリサも一緒か。

「んっ。どうしたの？」

「っと、すまねえ。つい」

無意識にアリサの頭撫でてたわ。

「正悟に撫でてもらうの嫌じゃないからいいよ」

「そっそうか？」

嫌がってないみたいだしよかったわ。

「そういえば沼地って抜けれたの？」

「いや、まだだな」

足場悪いし下手に進みすぎると撤退が難しいからな。

まずはマッピング優先ってことにしてるしな。

せめて道が整備できればある程度はマシになりそうなんだけどな。

セーフティーエリアじゃねえから難しいんだけどな。

「鈴にお願いしてあの霧をどうにかしてもらえればなー」

「確かにあの霧は風使えるやつがいたら何とかできそうだしな」

つっても今銀翼は沼地方面よりも、戦力増強のために火山や雪山行ったり、新人の訓練してたりしてるっていうから忙しいらしいけどな。

「フェイトも泥攻撃食らって怒ってたよ」

「あれ威力ない癖に無駄に数多く撃ってくるからうっとうしいよな」

「だから何とか対抗策考えてるんだよね」

「アリサはまだマシな方だろ。こっちなんてガウルは重くて足取られるわ、シュウと俺は機動力取られるわ、魔法組の2人は目標見つからねえわで大変なんだぞ」

特に女性陣二人は泥のせいで服がめっちゃ汚れるから嫌とか言ってるしな……。

「って、ルカって毒持ってんだから風持ってんじゃねえのか？」

「……えっ？」

俺が疑問に思った事を口にすると、アリサは驚いたようにこちらを向く。

もしかしてアリサのやつ……複合がどれとどれって把握してない感じか？

「派生で氷、嵐、毒持ってるやつは風が前提条件だしな。誰かしら持ってんじゃねえのか？」

「氷……そういえば海花の人形が氷持ってた気がする……」

おいおい……。

その2人ならアリサが頼めば喜んでついてくるじゃねえか……。

「……正悟の意地悪……何で教えてくれなかったの……」

「いや……だって知らねえとは思わねえじゃんかよ……。お前ら仲良しなんだからそれぐらい知ってるもんだとばかり……」

「むぅ……」

アリサは不貞腐れてそっぽを向いてベッドに倒れ横を向いて丸くなる。

その様子を見て俺はしばらく元には戻らねえなと諦めた。

結局、メンテが明けるまで俺はアリサのご機嫌を直す事に勤しむのであった。


「じゃ、そろそろメンテナンス明けるから戻るね」

「おう。って、内容確認しないのか？」

「後で正悟に教えてもらうから大丈夫」

「いや大丈夫じゃねえだろ……。そんな時間かかんねえし軽く見てから戻ればいいだろ……」

正悟に呆れられてしまった……。

だってゲームの仕様なら正悟に翻訳してもらってから説明してもらった方がわかりやすいし……。

仕方ない。

私はＰＣの前で椅子に座ってる正悟の膝の上に座る。

「おいっ⁉」

「んっ？　だってこの方が見やすいでしょ？」

私の身長的にちょうどいいと思うし。

「ったく……。えーっと何々？」

正悟曰く、今度のイベントは防衛イベントで、準備期間はこちらでの1ヶ月分用意されており、その間に防衛施設とかを設置したりするとのことだ。

「えーっと……どういう事？」

「説明によると、イベントマップには難民ＮＰＣが点在してて、彼らを保護すると資材等があれば施設を造るのを手伝ってくれるらしい。そしてイベント当日には防衛システムのような結晶だかなんだかが町の中心部となるところにあるらしく、保護した難民も当日はそこに避難しているらしい。だからイベント当日はＮＰＣの被害は気にしないでいいらしい」

「ようは難民保護して一緒に町つくれって事？」

「たぶんな。一種のシムシティの防衛バージョンって思えばいいんじゃね？　ただしその防衛システムを守るのが今回のイベントの趣旨らしいがな」

それって結構大変なんじゃないかな？

一から町つくるんだよね？

資材も難民用の食料も足りないと思うんだけど……。

そう思っていた私に正悟が付け加える。

「あとイベント準備中だと資源や食料については採っても自動でリポップするらしいぞ」

じゃあ平気だね。

となるとあとは人手ってところだね。

「つか防衛施設ってなると俺らは基本難民確保が仕事ってところかー……」

「でもこういうのって海花が手に入れたスキル持ちアイテムとかあるんじゃないかな？　あれならスキルなくても資源手に入るんじゃない？」

「あーそういうのもあるのか。ならイベントマップに入ると自動的にそういうのが手に入って、出ると消えるって感じが妥当か」

さすがに難民保護だけだと戦闘職のやる事ないもんね。

たぶん正悟の言ったようなサポートはあると思うけどね。

「さて、ある程度の情報は見たし、そろそろログインするか」

「そうだね。……あっ、正悟ちょっといい？」

「んっ？」

「えーい」

「おわっ⁉」

私を下ろして椅子から立ってベッドに寝転ぼうとした正悟に私は飛びつき、一緒にベッドに倒れる。

「今度はどうした⁉」

「んー？　ちょっとねー……」

教会の件で少し気持ちが沈んじゃったから、正悟で元気分補充ー。

「何かあったのか？」

「色々あったのー……」

「……そっか」

正悟や鈴に撫でてもらえたりするとなんだか気持ちが落ちつくんだよね。

しばらく正悟に頭を撫でてもらってすっきりしたので、私は家に戻り、少し遅れてログインする。

帰り際正悟が何か汗とか気にしてたけど、冷房ついてたから暑くなかったし、別に気にならないからいいのにね。

別に正悟の匂い嫌じゃないし。

さてログインログイン。


「えーっとここかな？」

ログインしてエアストの中心辺りに来ると、イベントマップ移動用の転移ポータルが設置されていた。

というか……。

「人多くない……？」

自分たちで防衛施設を造るって事で生産職がやる気あるのはわかる。

でも見た感じ戦闘職っぽい人も結構数見えるような……。

「アリスー」

人の多さに圧倒されていると、横から声を掛けられて腕に抱き着かれる。

「ルカ」

「んっ。アリスも今からイベントマップ行くの？」

「準備期間があるっていうからね。早めに準備はしといた方がいいかなって」

「公式読んだ感じだと本当に何もない感じがした。とりあえず余ってる木材一杯用意した」

「私は施設とかは造れないし、一先ず難民を捜そうかなって」

「現実の1ヶ月だとこっちでは3ヶ月だし、割と大規模なイベントだと思う。食料に施設に罠。いくらあっても足りないと思う。あと開発計画かな？　人によっては防衛施設や城だと言っても色んなのあるし」

あー……確かに……。

この前みたいに城壁に囲まれた城下町に山城とかもあるし、平原に造るとなると堀とかも造らないといけないもんね。

「人も減ってきたし行こ」

ルカの言う通り、人が減ってきたので私たちもイベントマップに移動する事にした。

「んっ」

「ここが……って、ルカの予想的中だね……」

「んっ、何もない」

私たちがイベントマップへ飛ぶと、目の前には空へと伸びる虹色の光を出す10メートル四方ぐらいのキューブ以外何もなく、平地が広がっていた。

「これほんとに一から造るわけだね……」

「一応離れた場所に鉱山っぽいところや森とかは見えるけど、本当に何もない。冗談だったのに」

「冗談だったんだ……」

まぁこれは予想していても実際はそうであってほしくなかったよね……。

「おっ！　アリスちゃんにルカちゃん！　いいところに来たにゃ！」

「リーネさん？」

何やらリーネさんが私たちに気づいて手招きをするため、そちらに向かう。

向かった場所には木製の机が置いてあり、何人ものプレイヤーが話し合っていた。

「だからまずは生産施設優先だろ！」

「途中にモンスターが襲撃してこないとは限らないし！　まずは防衛施設からだろ！」

「えーっと……」

何の話し合いだろこれ……。

「アリス。これってある意味リアルタイムストラテジーだから、その方針決めかな？」

「方針？」

「リアルタイムストラテジーをプレイする場合、いくつか戦法がある。まず生産施設を優先にして後半一気に行くタイプ。次に防衛を先に優先するタイプ。最後に攻めを優先するタイプ。でもこの場合、私たちは攻めに転ずる必要はないからそれは除外。で、残る2タイプになるんだけど……」

「どっちを優先するかってことね……」

ルカのおかげで話し合っている理由がわかったが、これをどうしろと……？

「【首狩り姫】もやっぱり生産施設優先だよな！」

「いやいや！　【首狩り姫】は防衛施設優先だよな！」

「えーっと……人も多いですしどっちもじゃ……ダメですか……？」

「「…………」」

あれっ……？

変な事言っちゃった……？

「よっしゃー！　テメェら生産施設を支給品からどんどんグレードアップさせんぞ！」

「こっちも防衛設備の準備と都市計画考えるぞ！」

2つの派閥に分かれていたプレイヤーたちは突然大声を上げて活動を開始した。

「いやー流石アリスちゃんにゃ。実力者がどっちもって言えばそういう感じになると思ったにゃ」

「いやそれ別に私じゃなくてもよかったんじゃ……。てか何なんですかこの流れ……」

「何というか……お互い引くに引けない感じになっちゃったのにゃ。そこで第三者がどっちもって言った事で上手く切り上げられた感じにゃ。私が言うと……ほら……生産職としてのプライドとかそこら辺になりそうだったし……」

何というか……。

生産職も生産職で色々あるんだなぁ……。

って、支給品？

私は手持ちのアイテムを確認すると、いつの間にか斧とつるはし、更に初心者用と書かれた各種生産設備があった。

「これを使えって事かな？」

「たぶん。アイテム説明に必要アイテムと合成する事で更に良くなる感じで、設置もできる。でも生産設備だけって事は採掘とかは自分でスキル取ってないとだめ？」

「えっ？　私のところには斧とつるはしあったよ？」

「ってことは、スキル持ちはそのまま。持ってない人にはサポートスキル付きアイテムが送られるってのはあってた」

「とは言っても生産するにしてもそっちの加工スキルはついてない感じだね」

「そこまで付いてると、こっちで誰でも良い武器とか作れるかもしれないから付いてないのかも」

確かに素材さえあれば設備が良くなるって事は、言い換えれば設備さえ良くなれば良い武器を誰でも作れるようになっちゃうってことだもんね。

そういったところは制限入ってる感じだね。

という事は加工は生産職に任せて、建築関連は戦闘職がやるっていう感じかな？

「って事はやっぱり最初に都市計画はした方がいいと思う。町の規模にしても広さとか考えないと」

「おっ、ルカちゃんも気付いたようだにゃ。確かにむやみに広げても後々変な形になって防衛し辛くなる事もあるにゃ。だから一案として、このキューブを中心にして一定距離で円状に外壁を造るにゃ。そしてその1つ目の外壁を造って防衛施設等をある程度揃えたら、また一定距離空けて円状に外壁を造るにゃ。それを期限一杯まで続けるにゃ」

「って事は防衛ラインを円状にどんどん造る感じ?」

「そういう事にゃ。第1、第2と大きささえ決まれば後は通りを造って区画整理をすればそこまで難しい話にはならないはずにゃ。運営のお知らせ的に、今回つくった町がイベント後にそのまま使えるようになると思うし、空き地については資材さえ残ってれば後は難民が何かしら造ると思うにゃ」

んっ?

もしリーネさんの話の通りだとしたら……。

「今回のイベントって結構重要なやつじゃ……」

「にゃはは……。正直考えたくなかったにゃ……。責任重すぎるにゃ……」

私たち次第で町が滅びるとかプレッシャーがやばい……。

「しかもゲーム内だと3ヶ月だから少なくとも難民は千人……下手すると一万人は考えないといけないにゃ……。難民って言うからにはどこかの国がモンスターに滅ぼされたとかの設定かもしれないからにゃ……。運営絶対鬼にゃ……悪魔にゃ……。こんなの本気にならざるを得ないにゃ!」

「んっ、頑張る」

「ですね! 頑張りましょう!」

どうやら色々気を抜けないイベントになりそうだ。

「さて、私は都市計画を進めるにゃ。一応円状という風にしたけど、他にも良い案があるかもしれにゃいからにゃ」

「じゃあ私たちは難民でも捜してよっか？」

「んっ。なら森に行く。あそこならアリスの得意なフィールド」

いや別に今は戦闘するわけではないんだから得意じゃなくてもいいんじゃ……？

なんだかなーと思いながらも、私たちは森へと向かう事にした。

「平地続きだから森1つあるだけでも視界悪くなるね」

「できれば道造るように伐採したいけど、リポップするからイベント終わるまでは無理」

リポップすることで素材には困らないが、逆に言えば道等を造る場合には弊害となってしまう。

しかも森は視界を悪くするのと、入ったものを迷わせる場所でもある。

今回は目印のように空に光が伸びているが、そういったものが無ければ自力で森を抜ける方角を探し当てないといけない。

年輪とかそういったので方角を判断するといった方法もあるが、あれはあくまで俗説なので確実というわけではないらしい。

ただ参考にはなるとのことなので、迷った場合はそういった事を試すのも手ではある。

「一先ずモンスターの気配は感じられないけど……」

「んっ。そういった鳴き声は聞こえないからたぶん大丈夫なはず。てか問題は難民をどう連れていくか」

「あー……」

レヴィの巨大化で移動は下手な混乱を生みそうな気がするからやめた方がいいよね……。

となると、ネウラに協力してもらってご年配の方を、成長させたミラで緊急性のある人を飛んで運ぶ形になるかなぁ……。

「何ならアレニアが縛って移動」

「それはトラウマになるからやめようね？」

「やっぱり？」

わかってたならやめなさい。

とりあえずネウラとミラを呼んでおこう。

私は2人を呼んで難民を運ぶことを説明する。

「ってことだから2人ともよろしくね？」

「はーい」

「わかりました」

さてと、早いところ難民を捜しちゃいますか。

私たち4人は難民を捜しつつ森の中を探索する。

道中には調合の素材になりそうな草花が落ちており、いくつか回収しておく。

後々【変換】で種にしておけば、難民の人たちでも育てれるからね。

そんな中、ネウラが私の裾を軽く引っ張る。

「どうしたの？」

「お母さん、前から相談してたスキルの件なんだけどー」

以前からネウラが成長してから使おうと思っていたスキル拡張玉について、ネウラと話し合った事があった。

だがネウラは戦闘経験が少ない事から、どんなスキルを取ればいいかがまだ決められなかったため保留になっていたのだ。

「何か思いついたの？」

「うん。この前の時にフェイトの力で大きくなったでしょ？」

「うん」

「それでね、大きくなったら攻撃とか食らいやすいんだけど、その分攻撃とかが強くなったの」

まぁ身体が大きくなればその分体積も増えるし蔓を叩きつけるだけでも結構なダメージになるもんね。

「それにネウラって役割的に行動阻害とかの補助的な部分あるし、大きくなってもレヴィお兄ちゃんやミラたちが守ってくれるから大きくなるのも悪くないと思うの。だから【巨大化】のスキルが欲しいのー」

【巨大化】スキルはペット専用のスキルなようで、例えば幼体のペットが成長しても人が乗れるような体型に全部のペットがなるとは限らない。

元々が小型なペットもいるため、背に乗って移動という点で言えば不向きなのも多くいる。

そこで【巨大化】スキルを取る事によって、人1人乗せるのが限界だったのが2人乗せたり、スキルレベルによってはより多くの人を乗せたりすることができる。

ただ、先程ネウラが言ったように、大きくなると勿論被弾も多くなる。

スキル発動のオンオフはできるため、移動の面で考えれば特にデメリットは感じないが、ペットとともに戦闘で使う場合は不要なスキルになってしまう。

「いいの？　他にも気になってたスキルいくつかあったよね？」

実際後衛で支援する役割として、【強化魔法】や【収納】を取ってネウラ自身が植物の種を使ってどこでも対応できるようにしようという考えもあった。

「うんっ！　ネウラもっと強くなりたいのー！　それでお母さんの役に立ちたいのー！」

笑顔を振り撒きながら話すネウラについ抱き着いてしまう。

何この子可愛すぎるんだけど。

「お母さん苦しいよぉー」

「はっ⁉　つい……」

「確かにネウラの巨大化は怖い……あれはもう重戦車だった……」

「まぁあれはフェイトの力もありますが、正直凄まじかったですからね……」

だけどネウラが納得しているならそうしよっか。

私はネウラにスキル拡張玉を渡し、それをネウラが触手に食わせる。

名前：ネウラ【成体】

―ステータス―
【大地魔法Lv1】【植物魔法Lv4】【毒魔法Lv1】【吸収Lv1】【MP上昇Lv2】【INT上昇Lv3】【感知Lv2】【状態異常耐性Lv1】【誘惑Lv1】【光合成Lv2】【空き】
特殊スキル
【体形変化】

ネウラのステータスを見るとちゃんと拡張されていたので、ネウラの希望通り【巨大化】スキルを取る。

するとネウラは早速【巨大化】スキルをオンにしたのか、身体が大きくなる。

大体ルカと同じぐらいの身長かな？

でもこれスキルレベル上がるとどんどん大きくなるんだよね？

大きくなる場所考えないとネウラで洞窟とか詰まったりするのかな……？

「ネウラに身長追いつかれた……」

それでなんでルカは身長を気にしてるのかな？

別にルカはそのままでも可愛いよ？

「ですが蔓なども太くなってますし、これなら数人程度なら一気に運べますね」

「ネウラにお任せなのー！」

まぁネウラが嬉しそうだし、細かい事は気にしないでいっか。

さて、ネウラのスキルも取った事だし、早いところ難民を保護しないとね。

そして私たちは森の奥へと進み、難民を捜す事を再開した。


「ちょっとこれは予想外かも……」

「んっ。やっぱりアレニアの糸で運ぶ案も考えないと」

「流石にそれはちょっと……」

私たちの目の前には、難民らしき人々が疲れ果てて木々に寄りかかっていた。

「馬車もあるし、あの中にもまだいるとすると、たぶん30人はいる」

「となると、今のネウラで精々運べて8人ぐらいだから……」

「私は人1人が限度ですし……」

「ネウラもそんな速くないから往復は時間かかっちゃうよ？」

そうなんだよねぇ……。

幸い馬車があるからそれを引っ張ればある程度は運べるけど……。

見たところご老人や子供ばっかりというわけではなく、成人している人たちが多めなので体力さえ回復すれば自分で移動はできそうではある。

一先ずこの集団の代表者と話をしないと。

私は近くにいた難民にこの集団の代表者を尋ねる。

「代表者ですか……？　それならあそこに立って周りを見ている彼です……」

私はお礼を言い、その代表者の元へと行く。

「すみません」

「あんたたちは……？」

「私たちは異邦人で、あなたたちを保護しにきました。それでまずは代表者のあなたと話をしようと思いまして……」

「そうだったか……」

「皆さんかなりお疲れなようなのですが、私たちも一度に運べる人数には限りがあります。なので重体な方や動けなさそうな方を優先して運びたいと思っています」

「ならあの馬車に乗っている者たちを頼む……。外で休んでいる者たちはまだマシな方だ」

「わかりました。それとこれを……」

私は難民の代表者にポーションを渡してから馬車へと向かう。

馬車の中には怪我を負っている者や足を怪我して歩けなさそうな人たちがいた。

「ミラ、私はこの人たちに軽い処置するから、その間に他の人たちにポーション渡してあげて。ネウラは私が処置した人を運ぶ準備をお願い」

「わかりました」

「はーい」

「じゃあ私がミラの手伝いする。ミラだけじゃ持てる数に限度ある」

「うん、じゃあルカお願いね」

私はミラとルカにポーションを渡し、馬車の中で処置をする。

基本的にはポーションや塗り薬等での処置ぐらいしかできないが、幾分マシになるはずだ。

そして処置が終わった人からネウラの蔓で抱えて移動の準備をさせる。

「じゃあ先に町の方戻ってるね、お母さん。なるべく急いで戻るねっ！」

「うん、お願いね」

怪我人を抱えてネウラは町の方へと一足先に向かう。

残った私たちは、ポーションを飲んでもあまり回復しなかった人たちを馬車に移し、それ以外の人たちに馬車の周りに集まってもらった。

「ではこれから町の方へ向かいたいと思います。もし途中で歩けなくなりそうな人はすぐ言ってください」

一応周囲の警戒としてフェイトとアレニアを配置して、異変があったらすぐ伝えてもらう手筈となっている。

とはいえ、さすがに初日から襲撃があるとは思えないので念のためだけどね。

町へ向かっている途中、ネウラが戻ってきたので残りの難民を抱えてもらっての移動となり、少しネウラに町の状況を聞いたところ、仮設だが救護施設とプレハブ小屋がいくつかできているらしい。

そして私たち以外にも何グループか難民を引き連れて移動しているらしい。

町へ到着し、難民を施設に移動させることができたため、ようやく肩の荷が一つ下りた。

ただ、同じように難民が多くの人数でいた場合、運ぶ手段がないのは辛いものがある。

幸い私はネウラが巨大化できて数人を運ぶことができるため、少人数ならば問題ないが、もっと多い場合は運ぶにもかなりの時間がかかってしまう。

とはいえ乗り物がないのでどうすることもできないのだが……。

すると先程保護した難民の代表者が私に声を掛けてきた。

「もしよかったらこの馬車使わないか？」

「えっ？」

「さっきのあんたたちのように人を運ぶのには苦労するだろう。異邦人は生き物はしまえないが、物ならしまえると聞いたことがある。だからこれを持っていくといい。植物のあの子を見た限り、あの子ならこれぐらい引くのは難しくないだろう」

「いいんですか？」

「何ならしばらく貸すという事でいい。それなら問題ないだろう？」

「……わかりました。ではお借りします」

「馬は他の異邦人に貸すとしよう。無いよりはマシだろう」

私はお礼を言って馬車を預かる事にした。

そして代表者の彼は他のプレイヤーを捜しにこの場を去って行った。

「まさか馬車貸してもらえると思わなかった」

「だねぇ……。てかネウラ、馬車引くの大丈夫？」

「うんっ！　任せてお母さん！」

まったく頼りになる子たちだなぁ。

それを聞いてか知らずか、突然レヴィが出てきて私の肩に乗ってきた。

「キュゥ……」

どうやらかなり落ち込んでいるようだ。

おそらく今回あまり役に立てていないからだろう。

「レヴィは大きくなると皆驚いちゃうから……防衛戦始まった時は一杯活躍してもらうからね？」

「キュゥ……」

「周辺警戒でも一応役に立てた私は良い方なのかしら……？」

土地神のフェイトもあんまり表に出せるような子じゃないからなぁ……。

「なんなら私がこの土地管理して活性化してもいいんだからね！」

「それって大丈夫なの……？」

そんな簡単に土地って管理できるもんなのかな……？

私の疑問にネウラが口を挟む。

「たぶんだけどここの土地の力自体は低いし、フェイトがこの周辺の土地にいる精霊を管理すればいけるんじゃないかな？　あとはフェイトの頑張り次第だとは思うけど、うまく活性化できればフェイト自身も強くなるんじゃないかな？」

土や植物に関連するネウラがそう言うという事は、先程フェイトが言ったようなことができるのだろう。

とはいえ、フェイトを土地神だと周りに話していいのだろうか……？

「なんならいっその事ここでフェイト教をつくる」

「えっ？」

「土地神の事は隠して、フェイトの力でこの土地を活性化できます的な事を言って精霊を集める。そして活性化が上手くいって、そのままフェイトを崇めてもらえば更に土地が活性化する。永久機関の完成」

そんなうまくいくかなぁ……？

「それに土地の加護があるのとないのじゃ全然違う。少しでも加護があれば作物も育ちやすいし、色々有効だと思う。それに結構昔の人ってそういうの信じてるし、試してみてもいいかも」

んー……ルカがそう言うなら試して……みよっか……？

チラッとフェイトの方を見ると……。

「いいわ！　やってやるわ！　私の力で土地を活性化させてあげるわ！」

わー……凄いやる気だー……。

これはやめるなんて言えないね……。

とりあえずリーネさんに相談かな……？

私たちはリーネさんがいる場所を聞き、その場所に向かう。

向かった先には大きめなテントが建っており、何人も人が出入りを繰り返していた。

「お邪魔しまーす……」

「あれ？　アリスちゃんとルカちゃん、どうしたのにゃ？」

テントの中で他のプレイヤーと話し合っていたリーネさんがこちらに気づき、一旦話を止めてこちらに近づいてくる。

「ちょっと相談したい事がありまして……」

「……ちょっと待ってにゃ。このタイミングで相談は経験上嫌な予感しかしないにゃ」

まるで私がいつも悪いタイミングで相談しているみたいじゃないですか……。

「それで今度はどうしたにゃ？　モンスターの大群？　特殊ペット？　それとも難民数千人連れてきたかにゃ？」

「そんな大それた事じゃないんですが……」

私はフェイトの手を掴んでリーネさんの前へと連れてくる。

「フェイト……この子のスキルで精霊を集めてここ一帯の土地の活性化ができるかもしれないのでその相談に来たんですけど……」

「……え？　土地の活性化……？　その子が……？」

私が頷くとリーネさんは何やら考える素振りをする。

「そういえばその子イベントの時にネウラちゃんと一緒にいて色々やらかしてた気がするにゃ……」

「それでその……フェイトの社とかそんなのを造りたいなー……なんて……」

社についてはルカのアイデアだ。

神様なんだから崇める社とかは必要、とのことだ。

「つまりアリスちゃんはフェイトちゃんが土地を活性化する上で、精霊を集める場所として社が欲しいって事かにゃ？」

「はい……」

「……ちょっと待ってにゃ」

リーネさんは先程話していた人たちのところへと戻り、何やらヒソヒソと話している。

しばらくして話が終わったのか、リーネさんはこちらに戻ってきた。

「オッケーにゃ。社についてはそこまで大きくないなら問題にゃいという感じになりそうにゃ。それで場所はやっぱり中心部に近い方がいいよね？」

「そうですね……外側になっても反対側まで遠くなりますからね……」

「なら分社を東西南北に1つずつ配置するのは？　それなら全域カバーできる。なんなら私が分社造る」

おぉ……ルカのやる気が凄い……。

「なら本社もルカちゃんに任せた方がよさそうかにゃ？」

「むしろその気満々。頑張ってフェイト教を広める」

「まぁ確かに土地の活性化なんてできたら崇められそうな気はするけどにゃぁ……。じゃあとりあえずその方針にするから、アリスちゃんたちもこっち来てほしいにゃ」

リーネさんは私たちを手招きして、先程話し合ってた人たちの方へと向かう。

ルカは人が多くなったため、私の腕にしがみついて顔を隠す。

相変わらずの人見知り具合だ……。

でも一体なんだろう？

「んで、話は纏まったのか？」

「そうにゃ。一先ず中心部に本社、東西南北に分社を建てる形にするにゃ。ただ、本社は少し広めに場所を取った方が縁起も良さそうだから、その分を確保したいにゃ」

「なら……こんぐらいあればいいか？　外周についてはまだ星型稜堡をどんな形にするかで悩んでるから後だな」

男のプレイヤーが地図を開いて本社の範囲をマークする。

って、あれっ？

外側って円形で囲むんじゃなかったのかな？

私の疑問にリーネさんが答える。

「最初は円形で囲むっていう話だったんだけど、防御の観点から星型稜堡にしろっていう意見が結構あったのにゃ。あれだと土塁とかだから崩れにくいからにゃ。でもファンタジーの世界の場合、攻城兵器が大砲や鉄砲だけということではないにゃ」

「魔法もあるからな。それに防衛側も魔法を使って反撃するから土塁に取り付いたやつを攻撃すると、こっちの反撃魔法で土塁を壊しかねないんだよ」

「それに籠城戦ってのは、結局は援軍が来るまで耐えるのが前提なのにゃ。アリスちゃんなら一方向の敵と2方向の敵、どっちが厄介かにゃ？」

「まぁ2方向ですね」

「そうにゃ。だから援軍が来るなら星型稜堡でもいいのにゃ。でも今回のイベント、全員が星型稜堡に籠った場合、どうしても挟撃といった事がし辛くなるのにゃ」

「それに何日城攻めが続くかわからねえからな。背後から敵襲を気にしなくていい場合、攻め側はかなり楽になるからな。それだけでも全然士気が変わってくる。逆に防衛側は敵が余裕を持てば持つほど精神的に不利になりやすくなる」

「だから稜堡から背後を突ける秘密のルートか、稜堡の外側に円形の建物建てて地下に稜堡と繋がる道を造るとか色々考えてるにゃ」

「…………」

えっと……？

つまりどういうこと……？

「確かにプレイヤー全員が機動力高いわけでもない。だから打って出て背後に回れるとは限らない。それに敵がいつ攻撃をしてくるかわからない場合、動きも鈍る。それができないのとできるのでは大違い」

「おっ、【病毒姫】も結構わかるじゃねえか」

「色々戦略シミュレーションはやってたから、何となくわかる」

「そういう経験者は歓迎だぞ。お前も会議に参加してくれよ」

「わかった。代わりにフェイト教広めるの手伝って」

「フェイト教？　よくわからねえがそれぐらい構わねえぞ」

ルカ？

なんでいつの間にかノリノリで会議に参加してるの？

あれ？

人見知りはどこに行ったの？

その後、私とフェイトを置いてかなり盛り上がった会議を横に私とフェイトはテントの隅っこで体育座りをして終わるのを待っていた。


「……ねぇお姉ちゃん……」

「なぁに……？」

「私たち……何のために来たんだっけ……？」

「……なんでだっけね……？　アハハ……もう……忘れちゃったよ……」


「アリス、機嫌直して？」

「怒ってないもん……」

「アリスちゃん、放ってた事は謝るから許してにゃ……」

「怒ってないですから……」

私は頬を膨らませたままそっぽを向く。

「そんなほっぺを膨らませてたら怒ってるって言ってるようなものにゃ……」

「アリスにもちゃんとわかりやすいように説明するからこっち向いて？」

「むぅ……」

ルカが私を宥めようと抱き着いたり頭を撫でたりしてくる。

それを拒んだりはしないが、なんだか釈然としない……。

別にいじけてたりしてないもん……。

周りの町づくりを話し合ってたプレイヤーたちも、私の様子を見てどうするか困っているように は見えるけど……。

でも私悪くないもん……。

「んー……このアリスちゃんの機嫌を直すにはどうしたらいいかにゃ……」

「今回の場合、アリスだけじゃなくてフェイトも放っておいたのがダメだったかも。だからフェイ トの方から何とかしてもらわないとダメかも」

「べっ別に私は怒ってないわよ！　でもお姉ちゃんが私のために怒ってるって思うと……」

何故かフェイトが頬を赤らめて身体をクネクネとよじらせる。

「嬉しいのはわかったから、今はアリスの機嫌直すのが先」

「むぅ……少しぐらい感傷に浸ってもいいじゃない……。でもお姉ちゃんをこのままにしておくわ けにもいかないもんね」

フェイトはルカとそう話すと、ルカと同じように私に抱き着いてくる。

「お姉ちゃん、私は怒ってないからそんなに膨れっ面にならないのっ！」

「なってないもん……」

「それより私の社造ってくれるんでしょ。だからいじけるのはその後っ！」

そういえば当初の目的はフェイトのために社を造るんだった。

別にいじけてないけど、私の都合で変に遅れさせちゃ可哀想だよね。

私はゆっくりと立ち上がり、両手をぐっと握る。

「よしっ！　早いところ社造ろっか」

「うんっ！」

「流石ルカちゃんにゃ……。アリスちゃんの事をよくわかってるにゃ……」

「ふふん」

「ルカ？　そこで何どや顔してるの？　社建てていい場所も教えてもらったし早く行こ？」

「うん、今行く」

テントから出た私たちは社を建てていい場所へ向かう。

中央以外の社についてはまだ範囲が決まっていないため後回しだ。

「じゃ、とりあえず資材と加工施設準備する」

そう言うとルカはてきぱきと準備を始め、加工用の木材や道具を設置していく。

ぱっと見だけど手際いいなぁ……。

「それと社って言ったけど、中央が本社になるからある程度は立派にしないと」

「立派って言うとどれぐらい？」

私がそう尋ねると、ルカは少し考えてから答える。

「ある程度の広さは貰ってるし、少なくともキャンプイベの時のログハウスぐらいの大きさにはしたい」

キャンプの時のログハウスって……。

あれ確か女性陣四人の部屋にキッチンリビングついてたよね……？

「フェイト教を広めるならそれぐらいの広さは必要。むしろ住人の中から神主とかを選んでもいいレベル」

「そこまでするの!?」

「だから鳥居も造りたい」

「鳥居ってあれどうやって造ってるの……？」

「材料は木でいいらしいから造れる。細かい作り方は調べておく」

「うっうん……任せる……」

「任された。一先ず鳥居と本社の建築場所に印付けるから、フェイトに精霊集める準備してもらってもいいかも」

ルカはそう言ってロープなどを取り出して大まかな建築計画を立てる。

その間私たちは暇になるので、フェイトにお願いして精霊を集める事にした。

「ふっふーん！　任せてお姉ちゃん！」

フェイトはルカの立てた建築計画の鳥居と本社の中間ぐらいに立ち、そっと手を地面にかざす。

「まずは土地を活性化させないとね……『土地活性化』っ！」

フェイトが唱えると、かざした部分が薄っすらと緑色に光り、周囲へとその光が広がっていった。

「さて、あとはこれで周辺の精霊たちが元気になればこの場所に集まってくるわね」

「そういうものなの？」

「土地についてる精霊って結局は土地がどれだけ活性化してるかなのよ。だから活性化すればその分精霊も元気になるってことなの」

「所謂共存関係って事？」

「大体はそういう感じね。精霊は土地から力を貰う代わりに、土地にとって悪いものを防ぐ。悪いものを防げば土地は栄養を得られて更に活性化するって具合にね」

ようは精霊か土地、どっちかが弱まればどんどん悪い方向に進んでしまうってことなんだね。

それを防ぐために土地神が土地を活性化させて補助する。

ってことは……。

「フェイト、ここの土地って弱まってるんだよね？」

「まぁそうね」

「じゃあフェイトのところの土地神みたいに悪いもの取り込んだり……」

私の不安を拭うようにフェイトが説明を続ける。

「それについては大丈夫よ。あの方は不作とかの恨み言とかからそうなっちゃっただけで、この土地に住んでる土地神ならともかく、私みたいにただ活性化させるだけならそういった影響はないわ」

それならよかった。

でもそうなると、完全にその土地の土地神になった場合はそういった影響も受けるって事だよね？

フェイトがどうしたいかはわからないけど、そういった時の事も考えないといけないんだよね。

「フェイトのあれ、気持ちいいよねー」

フェイトの成果を待っていると、ネウラが出てきて羨ましそうにフェイトを見つめる。

「気持ちいいの？」

「うんっ！　こうね？　身体の中がぞわぞわーってきて、ごわーんって力が湧いてくるのー！」

「まぁあれは力を貰ってたのもあるしね。今だとそんなじゃないわ。って、早速来たわね」

ふと周りを見ると、10㎝ほどの小さな光の玉がフェイトの周りに集まってきた。

数はそれほど多くはないが、いくつか集まればフェイトの顔が見えないほどには集まっている。

「六……七……まぁ今の私の力じゃ一度にこの程度よね」

フェイトは集まってきた光の玉の数を数えると、その光の玉に何かを指示する。

すると光の玉は周辺へと散っていき、地面へと潜っていった。

「さて、どんどん範囲広げないとね。『土地活性化』っ！」

フェイトは再び地面に手をかざしてスキルを発動させる。

先程と同様にかざした部分が薄く緑色に光り、周囲へと広がっていく。

「えっと？」

「えっとねお母さん。ここの土地の力は弱いけど、一杯精霊がいるの。それをフェイトは今近くにいた精霊を集めて、再配置したの」

「再配置？」

「うん。私も今のを見てわかったんだけど、ここの土地の精霊は土地と同化することで小さな範囲だけど悪いものを防いだり活性化させたりしてるの。そこでフェイトは土地を活性化させて近くの精霊から力を与えてるの。でも今のフェイトだと一度に与えられる量は限られてるっぽいの。だからああやって繰り返すことで活性化する土地を広げてるの」

ようは、土地を活性化させる→精霊がそれを吸収→再度同化して土地を活性化。

これを繰り返してるって事ね。

考察していると、再び光の玉がフェイトの周りに集まり、先程と同様に周囲へと散って地面と同化していった。

それを何度か繰り返すとフェイトはMP切れなのか、私の元へと戻ってきた。

「ふぅ……疲れた……」

「お疲れ様。休もっか」

「うん」

ルカの作業の邪魔にならないように座り、フェイトを労わる。

なんだかんだフェイトも成長してるんだね。

これなら立派な土地神になる日も遠くないかな？

「ふぅ、これで多少の範囲は活性化したわね」

何度か休憩を繰り返し、フェイトは土地の活性化を行った。

私にはわからないが、フェイトにはどれぐらい土地が活性化したかがわかるためある程度の手応えは感じたようだ。

「フェイト、お疲れ様」

「まっまぁこれぐらい私なら余裕よっ！」

フェイトは褒められて嬉しいのか、頬を赤らめながらも誇らしげにする。

私はそんなフェイトの頭を優しく撫でてあげる。

「えへへー……」

あっ、フェイトの顔が緩んでだらしない顔になった。

「ねぇお母さん、あの人たち何したのー？」

「えーっと……ここは社建設予定地だから……んーちょっとお母さんもわからないわね～」

ふと後ろの方から何人かの話し声が聞こえたため、振り返ってみる。

すると何人かの難民が私たちやルカが建てたと思われる看板などを見ていた。

「はいはーい、ここはフェイト教の本社予定地です。完成したら是非お参りに来てね」

「フェイト教？　どんな宗教なんだい？」

「えっ……えーっと……アリスのペットのフェイトを祀る宗教で……その……」

難民への対応をしていたルカが助けを求めるようにこちらを見つめる。

いや、見つめられてもどう助ければいいか……。

まぁただフェイトを祀るとかしか考えてなかったっぽかったもんね……。

「今さっき何か緑の光を出してた子がフェイトって子なのかい？」

「そっそう！　それであの銀髪がアリス。フェイトのおかげでこの土地が活性化してる」

「ほうっ、そんな事ができるのか」

「フェイトの力でこの周辺の土地の精霊に力を与えた。だから感謝の証しとしてここに本社や社を建ててる」

「なるほどねぇ。俺らのためにそんな事までしてくれたのか」

「アリスが皆さんのために町づくり以外でも役に立ちたいって事でやった。アリスはお礼とかは考えてないけど、せっかく本社建てるしお参りしてほしいかも」

「そんな事なら容易い事だ。つっても建てるのも大変だろうし、その話俺たちが他のやつにも話しといてやるよ」

「ありがと。アリスもフェイトも喜ぶ」

どうやら何とか上手くいったようで、ルカは満足気だ。

ただ……物は言いようだなぁ……。

いや確かにお礼とか見返りとかを求めてフェイトにやってもらったわけじゃないけどさ……。

話し終わったルカが私の方に近づいてくる。

「布教完了」

「うっうん……お疲れ様……」

「でも話してて問題見つけた」

「フェイト教って何だとか？」

「それもあるけど、フェイト教の本社や社でのご利益考えておかないと……」

「ご利益って……」

確かにフェイトは土地神だからある意味お参りとかそういったのに当てはまるけどさ……。

私はチラっとフェイトを見る。

「私に拝むとご利益……。まず生贄に選ばれたぐらい、病気とかに縁がなかったって事だから無病息災？　あとペカドとの事もあるから縁結び？　それに加護とかあるしお祓いとか浄化も含まれるかしらね？　あとはお姉ちゃんについていったから心機一転？　あとは……」

「アリスによる癒しで癒しってのは？　そんで多神教許可」

「いいわね！　それも含めましょう！」

「…………」

ご利益ってそんな感じで決めるものなの……かな……？

そしてそんなに時間を置かないうちにフェイト教のご利益が看板に書かれた。

その内容を見てルカとフェイトは満足そうに頷く。

「これでフェイト教について聞かれても大丈夫」

「何なら私が奇跡として目の前で精霊集めてもいいわよ！」

「難民はもっと増える。そしてこの町最初の宗教はフェイト教。そうすればこの一帯の一大宗教は……ふふっ……」

「私を崇める人が多くなれば強くなってお姉ちゃんの役に……うへへ……」

ルカとフェイトは何やら企てており、ニヤニヤと笑みを零している。

ダメだこの2人、早く何とかしないと……。

「アハハ……。でもフェイトもお母さんの力になりたいっていっつも言ってたもんね。そのチャンスが来て嬉しいんだよ」

「まぁ土地神だからね。常に動いて回る私たちプレイヤーと一緒だとどうしても力を溜め辛いってのはあるもんね」

フェイトも1つの土地を管理してそこに憑くとかだったらある程度の力は出せるんだろう。

でも私と行動するって事は、1つの土地に留まるということはない。

だからどうしてもフェイト本来の力の相性としては悪くなってしまう。

しかし、今回のようにフェイトが認知され、崇められるようになれば信仰という形でフェイトの力となる。

他の信仰があるところでまた別の信仰が入り込むってのはかなり難しいからね。

それに下手をすると宗教同士のトラブルという事になる。

だがそれについてはルカが多神教も可能と言ったし、感謝として参拝とも言っていたのでそこまで大きなトラブルは起きないだろう。

「さて、あとはフェイトの銅像の横にアリス像置くための構造考えないと」

ん……？

何か今変な事が聞こえたような……。

「やるなら私も同じ大きさにしてよね！」

「大丈夫。なんならアリスに抱き抱えられてるフェイト像という形も可」

「おっお姉ちゃんに⁉　そっそれはちょっといいかも……」

いや良くないよね？

抱き抱えられてる像が本社に置かれてるとかなんなの？

そんな像とか聞いた事……あっ、カーリー像ってなかなかやばい造形してたっけ？

確か夫を踏んでるんだっけ？

なら抱き抱えられてるぐらい……。

ってダメダメ！

そこで許可したらホントにそんな像が建てられる！

でも本社を建てるのはルカという事は、全てはルカのさじ加減という事に……。

ぐぬぬ……。

「ルカ……」

「んっ？」

「お願いだから建てるなら普通のにしてください……」

「あ……うん……」

「お姉ちゃん土下座するほど嫌だったの……？」

別にフェイトと一緒の像が嫌っていう事じゃないよ？

ただ、そんな恰好の像がずっと建ってるって考えるともう恥ずかしさでやばいの……。

だから手加減してくださいお願いします……。

私の必死の説得とお話のおかげで、何とか普通の像という事で収める事ができた。

ただ少し勘違いして落ち込んでしまったフェイトを元気にするという仕事はできたけど……。


一先ず本社の事はルカに任せるとして、私は何をしていよう。

フェイトもフェイトで、一度にあまりやりすぎても逆に効率が悪いとのことで今日のところは終わりらしい。

「とりあえず辺りを回ってみよっか？」

「うんっ！」

どうせなら他の子も出して歩こうということで、レヴィやミラも出して歩く。

ミラも日中外を歩けるっていうのは大きいよね。

辺りを歩いていると、難民の数が増えているように思える。

まぁ私たち以外にも保護しにいってるプレイヤーだっているし、そりゃ増えるよね。

「でも簡素だけど結構建物建ってきたわね」

「生産職の人たちも頑張ってるからね」

見た感じ手間の掛かりそうな石造りではなく、木材メインの建物のため耐久性としては少し不安がありそうだが、仮設らしいので後々ちゃんとした建物にする、というか替える。と強い意思で言ってた。

やっぱり生産職としてのプライドとかあるんだろうなぁ……。

そういえばポーションとか救護施設に置いてきてなかったし、ついでに置いてこよっか。

私はポーションとかの数を確認して救護施設へと向かった。

救護施設に向かうと、軽い疲労や軽傷の人たちの姿は既に無く、重傷そうなベッドで寝ている人たちと何人かのプレイヤーしかいなかった。

代わりにプレハブ小屋の近くには人だかりができていた。

私はポーションとかの回復アイテムを救護施設の人に渡し、人だかりのできていたプレハブ小屋の方へと向かう。

「あっおねーちゃんだ！」

「遊ぼー！」

「わわっ⁉」

プレハブ小屋に着くと、私に気付いた子供たちが次々に飛びついてくる。

私たちは子供たちが地面に倒れたりしないように支えたり受け止めたりする。

子供たちの親がそれに気付き、私たちに謝罪をする。

「うちの子供がすみません……」

「いえいえ、具合も良くなったようですしよかったです」

よく見たら私たちが保護した難民の人たちだった。

道理で私の事を知っているはずだ。

「おかげさまで子供たちも元気で……どう感謝したらいいか……」

「そんな大層な事はしてませんよ。それより食事とかはどうですか？」

「はい、それについては異邦人の方々が用意してくれるとの事なんですが、私たちも作物を育てないといけないので、どこか農地を用意してもらいたいのですが……」

「それはそうですよね……」

私たちプレイヤーがいる間はともかく、いなくなった時食べ物が無かったら本末転倒だ。

「それで作物とかの種とかはあるんですか？　無いようなら何種類か提供する形になると思うんですが……」

「はい、それは大丈夫です。逃げる前に種は多めに持ってきているので。ですが稲なので水田にしてもらわないといけないですね……」

「お米っ⁉」

「はっはい……確かに稲はお米ですが……」

「あっ……すいません……お米って聞いてつい……」

「えっと……良かったらお米……稲の種……いりますか……？」

「いいんですか……？」

「えぇ……かなり多めに持ってきたので少しぐらいなら……」

難民のお母さんから私はお米の種、所謂種籾を何個か貰った。

うへへ……。

お米お米……。

サイに増やしてもらわないとね……。

「うわぁ……お姉ちゃんすっごい顔緩んでる……」

「お米って美味しいのかな？」

「私のいたところでは麦が一般的でしたから味はわかりませんね。ですがご主人様の表情からして美味しいのでは？」

「キュゥ？」

っと、つい顔が緩んでしまったようだ。

いけないいけない抑えなきゃ……。

「では水田の件伝えておきますね。それと……」

私とお母さんが話し終わったのを見て、子供たちが再度飛びついてきた。

どうやら相手をしないといけないようだ……。

子供たちと遊んでいるとそのうちの1人が私に問いかけてきた。

「ねぇお姉ちゃん」

「んっ？　どうしたの？」

「お姉ちゃんって俺らのいた国の偉い人たちの服っぽいの着てるけど、どこで手に入れたの？」

「この服？　リーネさんっていう異邦人に作ってもらったよ」

「へーそうなんだー。最初てっきりお姫様かと思ったー」

「そんな、私がお姫様なわけないよ」

「えー？　でもお姉ちゃんお姫様みたいに綺麗じゃん」

「ふふっありがと」

全くうまいなぁ。

でも和服を着ていたお姫様かぁ……。

という事は敵は和風系って事になるのかな？

和風系だと……えーっと……何だろ？

妖怪？

私はちらっとフェイトを見る。

フェイトは「何？」といった感じで首を傾げるが、フェイトは妖怪というよりも精霊だからちょっと違うよね？

となると、アレニアとかのような土蜘蛛とかそういうのって考えればいいかな？

というよりこの子たちに聞いた方が早いよね。

「俺らの国を襲った魔物？」

「うん、知ってたら教えてほしいんだけど……」

「えーっとね、確か頭に角が生えてて、こん棒とか持ってた！」

頭に角が生えてて……こん棒を持ってる……。

それって所謂『鬼』なのでは……？

どうやら水田以外にも伝えることが増えたようだ。


「でも鬼が敵って事は、弱点は豆だっけ？　豆も用意した方がいいのかな？」

「あの……ご主人様……。別に鬼だからと言って豆が弱点というわけではないですからね……？」

「…………」

ミラ、今のやり取りは内緒ね？


「ということなんです」

私は先程得た情報をリーネさんたちに伝える。

「さっすがアリスちゃんにゃ。早速有益な情報を得てくるにゃんて。にしても今度の敵は和風系の鬼とはねー」

「こん棒持った鬼となりゃ遠距離型は少ないと思えばいいだろうな」

「いや、あくまで鬼と言っただけで、他のもいるかもしれないぞ。例えばだが天狗もセットで来たりな」

「あとは妖狐とかか。下手すると九尾の狐がボスかもな」

敵が鬼って1つの情報でよくそこまで推測できるなぁ……。

てか何で鬼で妖狐とか天狗も？

「つか鬼で有名ってなると酒呑童子とかそっち方面か？」

「となると茨木童子とかもいるのかもな。だとしたらボス級だろうし戦力分ける必要出てくんな」

「京都系だったら牛鬼とか土蜘蛛とかもいんじゃねえか？　割とやばくねえか？」

「牛鬼って毒吐くよな？　あと土蜘蛛ももしかしたらそっち方面……」

「もしそうだったら【病毒姫】とか耐性持ってるやつに任せるしかねえなぁ……」

いやいや、皆詳しすぎない？

てか土蜘蛛ってアレニアがいるし、確実に【病耐性】ないとダメなパターンだよね？

ルカにお願いして耐性スキル手に入れておいた方がいいのかもね……。

「なんか呼ばれた気がした」

「……ルカ……社造りは……？」

「アリスの声とあらばいつでも推参」

「ルカは忍者か何かなの？」

私が少し呆れていると、ルカは私にしがみついてくる。

「んー……アリス成分補充……」

「あーうん……」

だから私成分って何なの……。

「それで、どうしたの？」

「あー……実は……」

私はルカにもしかしたら敵に土蜘蛛がいるかもしれないという事を耳打ちする。

ルカはそれで察したのか、私に耳打ちする。

「わかった。じゃあ時間空いてる時に手伝う。症状はコントロールするから大丈夫なはず」

「ありがと。でも私以外にも耐性スキル取らせといた方がいいと思うけど、そうするとルカが大変だよね？」

「知り合いならいい。でも見ず知らずはやだ」

まぁ当然だろう。

となると、ショーゴたちに海花たち、あとは……首狩り教の人がセーフなのかな……？

全部で十数人とかそんなもんだろうけど、耐性スキルを誰もが持ってると対人イベントの時にルカが不利になっちゃうし、仕方ないよね。

「でも敵が鬼って事は、方角も結構関連してくるかも」

「そうなの？」

「んっ、北東の方角の事を鬼門っていう。だからその方角に本隊がいたりする可能性もある」

「確かに文字に鬼って付くもんね」

「だけど敵が鬼とか妖怪だけとは限らないかも」

「どういう事？」

「その鬼の背後に人がいる可能性もある」

「え……？」

ルカが一呼吸入れて私に説明する。

「かつての陰陽家、安倍晴明は鬼神を識神として使役していた。そして今回、国を滅ぼすほどの鬼が襲来している。それにこの土地は和風方面。その背後に陰陽師といった敵がいる事も十分考えられる」

「で、でも陰陽師って人を守るためにやってる人たちじゃないの？」

「……道摩法師……」

道摩法師……？

誰だろ……？

「別名、蘆屋道満。安倍晴明のライバル。そしてこの蘆屋道満は呪術を用いて色々してたっていう説もある。だから一概に陰陽師は味方という事ではない」

「つまりそういった陰陽師が今回の敵の背後にいる可能性もあるって事？」

「可能性が0とは言えない。でもただ単に鬼が大侵攻してきただけかもしれないから確実な事は言えないけど……」

途中でルカが私に先入観を与えすぎたのかもと気付いて俯くが、私としては参考になったのでルカの頭を撫でてあげる。

「ありがと、参考になったよ」

「ん……」

「まぁそういうのってほとんど表に出ないし、あんまり気にしないでいいよね」

「んっ。一先ず交渉して森か林造るところ決めないと」

「なんで森か林を造るの？」

「なんでって……アリスの陣地造るから？」

いやいやおかしいでしょ。

なんで私の陣地用の土地を確保するの。

「アリス、これは戦略上とっても重要な事」

「一応聞くけど……理由は……？」

「防衛戦の関係上、どうしても攻め出る必要がある場面がある。その時、その動きに呼応して側面や背後から攻撃する部隊が必要」

うん、まぁそれは少し前の説明で何となくわかった。

「そして森という性質上、奇襲にはもってこい」

「うん」

「しかもアリスたちが防衛する森はそうそう占領されることはない」

「お、おう？」

「結果、敵はアリスの籠る森を落とせなくて確実に側面が取れる位置にアリスがいる事になる。つまり、アリスの拠点が必要」

「まず前提条件として、私が勝つ話になっているのは気のせい？」

「そこは大丈夫。私と海花、あと首狩り教がアリスの旗下につく。戦力は十分」

おかしい……。

いつの間にか私の私設部隊的なのができようとしている……。

ルカは一体私をどうしたいのだろうか……。

「平地と違って、森は戦力が少なくても戦いようはいくらでもある。むしろアリスの場合平地で戦うよりもこっちの方が絶対いい」

「まぁ確かにそうだけど……」

「と、いう事で早く相談しよう。できれば防衛陣地と挟撃できるところを確保したい」

「ちょっルカっ!?　計画立てても森造る事になるの私なんだけど!?」

「……そこはアリスのお好みメニューに全部任せる。何なら森造った後木の上に拠点造りに行く」

「本格的すぎない!?」

どうやらルカの提案で、私の防衛戦は大変な事になりそうだ……。

確かに私のスキルは防衛というよりも単独での戦闘方面なのは確かだけど……。

まさか戦略上重要なところに配置されるとは思わないじゃん！

てか海花も巻き込んでるけど、海花もそんなの嫌っていうに違いない！

急いで連絡しなきゃ！


数分後、私は床に崩れ落ちて項垂れる事となった。

「勿論喜んでお姉様の旗下に入りますわ！」

「流石海花、よくわかってる」

「当然でしょう！　お姉様と一緒にいれる絶好の機会ですのよ！　逃すわけないじゃない！」

「首狩り教も既に了承済み。あっちも喜んでた」

私の逃げ場は……もうないのだろうか……？

ルカによる話し合いの結果、私の拠点（と言っていいのかわからないが……）は北東の方角となった。

何故北東なのかという事を聞いたのだが、東西南北は交通の関係上使えないので、北東、南東、南西、北西のどれかという事にはなった。

私としても方角は別に気にしないとは言っていたのもあって、鬼門の方角に配置する事となった。

「でも私がその方角でいいんですか？」

「むしろ鬼門にアリスちゃんがいてくれるだけで心強いから安心してにゃ！」

リーネさん、それは一体どういう意味なんでしょうか……。

「いやーこれで北東の戦力配置気にしないでよくなったなー」

「おかげで他の方角に余剰戦力配置できるなー」

いや、あの皆さん？

なんで私の担当する方角が突破されない事前提で話しているんですか？

念のために防衛戦力は残しましょうよ。

「北東分の材料も浮いたし東西南北辺りの強化に使うとするか」

「いっその事残り3つの方角も海とか特殊な地形にしてダンとかに任せちまうのはどうだ？」

「案外ありかもな……」

星型稜堡の外側の計画がどんどん立てられている……。

てか北東全域カバーする話になっているのは気のせいだよね？

北東って言っても北北東とか東北東はまた別だよね？

私はチラっとルカを見つめる。

「大丈夫、首狩り教もいるからカバーできる」

いやいや、波状攻撃とか来たらカバーしきれないよね？

「安心してくださいお姉様！」

「海花……」

「なんならあたしたちが敵を釣ってきますので、お姉様は移動せずにあたしたちが釣った敵を狩ればいいですから！」

「違う、そうじゃない」

ダメだこの子たち……。

私への信頼感が高すぎて失敗するとかそういう事考えてない……。

ここは冷静に判断できる人に……！


「まぁアリスさんなら大丈夫かと……」

「アルトさんまでそんな事言わないでくださいっ！」

「そんな事言われても……。実際アリスさんが籠ってる森を攻略なんてほぼ不可能に近いと思いますし、更にルカさんや海花さん、それに首狩り教もいますしどう足掻いても難攻不落の要塞じゃないですか……。そこから更に戦力を集めてもはっきり言って無駄になってしまうかと……」

ダメだ……頼みの良心のアルトさんですらこの有様だ……。

皆私の事どう思ってるの⁉

私＋森＝難攻不落ってどんな計算式⁉

確かに森が得意なふうにはなっちゃったけど！

ペットも森が得意な子たちばっかりだけど！

私の味方はいないのだろうか……。

そんな事を考えている時、リーネさんに肩を軽く叩かれる。

「アリスちゃん……」

「リーネさん……」

「ここまで森に特化してしまった故の弊害にゃ……。覚悟を決めるにゃ……」

「私としては意図して特化したつもりはなかったんですけどね……」

今は懐かしき得意なフィールドを森にしてしまった過去の自分を恨みつつ、もう誰も私の味方はいないと悟り、諦めた。

とはいえ、いくら方角が決まってても拠点を造る範囲がわからなければどうしようもないため、その事を相談する。

「一先ず星型稜堡の大まかな大きさは決まってはいるんだ。だが実際造ってみない事にはわからない。だから確実に範囲に入らない辺りから手を付けてもらうとありがたい。北東全域だし作業時間は多いに越した事はないだろ？」

生産職の人はそう言って色々書き込んだ地図を私たちに渡した。

私たちはその地図を参考に、森建設予定地へと移動した。

しかし、移動した頃にはすっかり薄暗くなっており、明かりが無いと作業もなにもあったものではなかった。

だがそこはルカが用意していたランプによって解決した。

ルカは予定地の範囲を囲うようにランプを次々に置いていった。

「本当は工事用のあのポールとかが欲しかった。でもプラスチックはまだ作れてないから断念した」

確かにあれならここは工事中って一目でわかるからねぇ……。

てかルカ、プラスチックまで自作しようとしてるの？

ルカって何の生産職だっけ？

でも私だけで森造るにしても苗木足りるかなぁ……。

どこかで集めてこないと……。

って、ルカ。

私に見せてきたアイテムスロットにあるその大量の苗木は？

えっ？

こうなる事を予想して用意していた？

あぁうん、準備いいね、ルカ。

……やっぱり最初っから計ってたんだよね⁉

そうやって顔逸らしてもダメ！

「だって……ここでアリスが活躍すればフェイトの信仰も強くなると思って……」

「うっ……」

それを言われるとあまり強く言えなくなってしまう……。

仕方ない、今回だけだよ？

「……お姉様って変なところでチョロいですよね？」

「変なところってどこ⁉」

まったくっ！

そんな事言ってないで早く作業作業！

私は予定通り、外側から森を造っていく。

まず苗木を植えてっと。

そして次にスキルを使う。

「【急激成長】」

私が唱えると、MPを吸って苗木は一気に成長する。

さてこれを……。

私はルカの置いた目印のランプの薄っすらと灯る一番遠くの光を見つめる。

……これMPとかの問題じゃなくて、私の精神がおかしくなる気しかしないんだけど？

とはいえ、かなり重要な役目を負ってしまった以上、やるしかないため覚悟を決めて森造りを再開する。

「苗木植えて……【急激成長】……。苗木を植えて……【急激成長】……。苗木を植えて……【急激成長】……」

やばい……。

苗木を植えると【急激成長】がゲシュタルト崩壊起こしそう……。

しかもルカが渡した苗木って少ないMPで結構大きくなるやつで、本数の割にまだまだMPに余裕がある……。

おかしい……これいつまで続ければいいのだろうか……。

その後、反対側に着く頃には私の目は精気を失っているようだったと海花が語っていた。

そしてこの作業は一日一列という事になった。

主に私の精神面を心配して。

さすがに私の精神状態に不安を覚えたルカと海花がリーネさんに相談した。

するとリーネさんの口から簡単に対処法が伝えられた。

「それなら【集中】スキル使えばいいんじゃにゃいかにゃ？　アリスちゃんも持ってるはずにゃ。

……てかまさか【集中】スキル使わずにあの距離植えてたのかにゃ……？」

と言われ、ルカと海花が私に何で使わなかったのかと責めたほどだ。

いや……そういうスキルがある事を思い出したのが言われてからだったし……。

最近そんな籠って【集中】スキル使う事なんてなかったから余計に……。

ともかく、これで植林は大丈夫！

いや、あの量は大丈夫じゃないけど……。

とまぁこんな調子で一区切りついたので、私は一旦サイたちの食事の事もあって家に戻る。

「ただいまー」

「ご主人様っ！」

「お帰り、ご主人様」

「お帰りなさいませ、お嬢様」

どうやらトアさんは2人が起きている間はイベントマップへ行かず、サイたちが寝たら行くらしい。

いつもありがとうございます。

でもそんなに心配しなくても2人はしっかりしてるから平気だよ？

えっ？

好きでやってるだけだから大丈夫？

まぁトアさんがそう言うならいいけど……。

「それで、イベントマップはどうでしたか？」

「えーっと、今は資源集めつつ砦を造っている形ですね。確か星型稜堡ってやつです。あと敵は鬼とかそういった和風系かなってところかな？」

「なるほど。でしたらせっかくの星型稜堡ですし、先端に何か社とかでも建ててはどうですかね？所謂陰陽五行説のあれです。和風っぽいですし、もしかしたら何か効果があるかもしれませんね」

社ってなると……ルカにお願いする形なのかな？

でも先端に社って何か移動に邪魔そうだけど平気かなぁ……？

「そういえばお嬢様はお1人で作業をしていたのですか？」

「ううん、ルカと一緒にやってたよ。途中で海花も合流したけどね」

「そうでしたか。それでルカお嬢様は何を？」

「…………」

フェイト教をつくっていたと言っていいのだろうか……。

なんだか嫌な予感しかしないけど……そんな隠す事でもないだろうし……。

ということで、ルカがやっていたことを説明した。

「それは素晴らしい考えです。私も是非手伝いたいところです」

「そっそれはルカが全部やるっていうから大丈夫のはずだからっ！」

「そうですか……」

いや……そんなあからさまにがっかりしなくても……。

むしろトアさんまで手伝ったら本当に何が起こるかわからないから止めないといけないんです……。

「それにしても北東全域カバーとは……流石ですお嬢様」

「ほぼ無理矢理なんだけどね……？」

どうやらトアさんも私たちの持ち場の件についても納得しているようだ。

てか何でここまで信用されるような事に……。

いっその事ウィルを森以外の特化型に教育して……。

「……ご主人様、とりあえずその悪い顔はやめといた方がいい。リアが真似る」

「はっ⁉」

いけないいけない……。

可愛い弟子をダメな道へ行かせてしまうところだった……。

「となると私は当日お嬢様と一緒には行動できないのですかね？　お話からすると同行できるのは海花お嬢様の配下と首狩り教だけのようですし」

「あー……」

あくまでトアさんはそのどっちかに所属しているわけでもないもんね。

でも私の直接の下って言えば納得はしてもらえるのかな？

「トアさんはどうしたい？」

「できる事ならお嬢様に同行したいと考えております」

んー……なら私の下って事でリーネさんを説得するかなぁ？

あの一件を見た感じだと結構実力ありそうな気はするけど、誰もトアさんの事知らなかったし平気だよね。

「じゃあ一緒に動けるように交渉してみるね」

「ありがとうございます」

まぁ１人増えたぐらいじゃそんなに変化ないもんね。

……ないよね？

私はチラっとトアさんの方を見る。

その視線に気付いたトアさんはにこっと微笑んだ。

っと、そういえば聞くの忘れてた。

「そういえばトアさんって武器何使うの？　一応私の担当場所が森になるから……」

「はい、ナイフといった短刀や投げナイフなどの投擲物ですので問題ありません」

「あ、はい」

ナイフに投げナイフも使うメイド……？

あれ？

メイドってなんだっけ？

そのうちスカートの中から手榴弾とか落としたりしないよね？

でもなんでメイドとか執事とかは普通と違うキャラばっかりが二次元ではいるのだろうか……。

やっぱりインパクトが大事って事でそうしているのかな？

つまりトアさんもインパクトある事をするという事に……。

いやいや、きっと気のせいだ、そうに違いない。

「しかしイベント準備のためとはいえ、少しばかりポーションや薬の売り上げが伸びていましたね」

「結構怪我人いたからねぇ……。リアには悪いけど頑張ってくれる？」

「はいっ！　リア頑張ります！」

私がリアの頭を撫でていると、トアさんが「少し席を外します」と言って席から離れた。

何か知り合いから連絡があったのかな？

「何の用ですか？」

先程連絡が入り、私は指定された場所へと来た。

そこには1人の男性プレイヤーがフードを被って待っていた。

「いや、ちょっと情報が入ったから教えてやろうと思ってな」

「貴方からの情報は大体ろくでもなかった経験しかないのですが？」

「相変わらずきつい女だ。あそこでメイドをやって少しは柔らかくなったと思ったんだけどな」

「貴方とお嬢様を一緒にしないでください」

空気が張り詰める中、男は特に気にする様子も見せず言葉を続ける。

「ラグナロクたちの動きが不穏になってきた。イベントマップの方で何かやらかすのかもしれない」

「誰も知らない場所だから再起できるとでも思ったのでしょうかね……。全くどこまで愚かなのか……」

「とはいえ、やつら全員を把握しているわけじゃないからな。町の一角にでも拠点を造るのかもしれない程度で終わる可能性もある」

「それだけならいいんですけどね……」

私はラグナロクたちの行ってきた事を考え、それで済むはずがないと確信していた。

それ故、何かしてくる前に潰したいという事すら考えていた。

「っふ」

「……何がおかしいんですか……」

「そんなお前1人で解決しようと考えるな」

「貴方の力を借りろ……という事ですか？　対価は？」

「別に俺はＰＫができればいい。ただそれだけだ。まぁできれば強い奴とな」

「何人かの残党を率いてやっているとは知っていますが……貴方が出てくると騒ぎになる気しかしないんですよ」

「騒ぎになる……ねぇ……。やっぱり柔らかくなったな、お前」

私は男の発言に不機嫌になり、顔をしかめる。

「どちらにせよ、手を貸してほしかったら連絡しろ」

「わかりました。それで、用件はもう終わりですか？　アワリティア」

アワリティアと呼ばれた男はニヤッと笑みを浮かべる。

「あぁ、今日のところはな。まぁ俺はお前が暴れるところも見てみたいって気持ちもあるがな。何しろ俺は『強欲』だからな」

「……好きに言ってなさい……」

私は踵を返し、主たちが待つお店へと戻る事にした。


サイとリアが寝たのを確認し、私とトアさんはイベントマップへと向かう。

とは言っても、一度ログアウトして身支度を済ませてからだ。

まだ期限は十分あるし、急いては事を仕損ずるとも言うしある程度気持ちを楽にしなきゃ。

再度ログインすると、トアさんは既にログインしており私を待っていた。

「待たせちゃった？」

「いえ、先程ログインしたばかりです」

「そっか。じゃあ行こっか」

「はい」

私とトアさんはイベントマップへと入り、一先ず私がいない間の現状を確認した。

どうやら今のところ大きな作業工程はなく、資材を集めて難民の保護に仮設施設の建築が主な作業となっているようだ。

「トアさんは何かやるような事ある？」

「そうですね……。なら裁縫でもして難民たちの服でも用意していましょうかね？　見たところ大人の方はともかく、子供がいつまでも汚れた服というのも嫌でしょうし、簡単なのでしたらそれほど時間もかからず量産できると思いますし」

あれ？

服ってそんな簡単に作れる物だっけ？

こう……糸を撚ってとかああいった感じで簡単なのでも時間かかるんじゃ？

「ご安心を。私は【高速作業】という一定の作業を簡略化するスキルがありますので。まぁその分作製時の品質などが下がるデメリットはありますが、今回の場合、多少品質は下がっても数が必要な場合ですので問題ありません」

ようは手動か自動かの違いって事かな？

機械だと一定の作業とかは速いし品質も一定だけど、手作業だとひとつひとつ出来は違うっていうからそういう感じかな？

「とは言っても、さすがに素材の数が足りませんね」

「なら私も手伝うよ。２人の方が速いでしょ？」

「いいのですか？」

「私も少し前まで延々と木を植えてたからね……。少しは気分転換もしないと……」

「首狩り教に言えば誰かしら【急激成長】持っててもおかしくないとは思うのですが……」

「いやぁ……さすがに持ってないと思うけどなぁ……。まぁとにかく！　気分転換気分転換！」

「お嬢様がそれでいいのでしたらいいですが……」

私はリーネさんたちから裁縫で使えそうな素材がある場所を聞いて向かう。

向かった先には綿花や麻がたくさん生えており、既に何人ものプレイヤーが収穫していた。

「ヒャッハー！　大量大量！」

「刈り！　採らずには！　いられない！」

なんかテンションがおかしい気がするけど……気のせいだよね？

「恐らくですが、装備からして第四陣の方が多めですね。きっとモンスターがいないしリポップするので今のうちに素材を集めておこうという考えでしょう」

「あー……そういう……」

確かに麻とか採るにはイジャードに行かないといけないからね。

あそこもモンスターがいないって言っても、刈れる量には限りがある。

その点、このイベントマップだと今現在ではリポップするから採り放題だ。

特にスキルレベルを上げたい新人たちにとっては絶好の場だろう。

生産スキルって結局上げるには数をこなさないといけないもんね。

「さて、私たちも始めよっか」

「はい。では私は綿花を集めますので、お嬢様は麻の方をお願いします」

「りょーかい」

私たちは二手に分かれて収穫を行う事にした。

私は麻が生えている方へ向かうと、私の姿に気付いたプレイヤーが急に動きを止める。

「何で裁縫素材のところに⁉」

「くっ【首狩り姫】⁉」

……あれ？

何で怖がられてるの？

別に今武器とか手に持ってないよね？

「えっと……この辺のやつ刈ってもいい？」

「こっこの辺のやつを狩る⁉　俺たちアンタに何にもしてないぞ⁉」

「えっ？　いや、別に何もされてないけど……」

「おっおいっ！　誰だ【首狩り姫】に手を出したやつは⁉」

「俺じゃねえぞ！」

「俺でもねえぞ！」

なんだか凄い勘違いされているような……。

ここは誤解を解かなければ……。

「いえ、別に誰も手を出してないので大丈夫ですよ？」

「じゃあ何でこの辺のやつらを狩るなんて……？」

「えっ？　この辺の麻って刈っちゃダメなんですか？」

「……えっ？　麻……？」

「はい……」

先にいたプレイヤーと一緒に無言になる私。

えーっと……？

もしかして私が麻を刈るって言ったのを別の刈るって捉えてたって事かな……？

あはは、そんな馬鹿な事なんてないよね。

「……ちなみに私が何を刈ると思ってたんですか？」

そうだきっとこの辺の採られると自分たちの分が減ると思っただけなんだよね。

うん、きっとそうだ。

私は笑顔で尋ねてみる。

「えっと……それは……」

「あははは……」

何故か彼らは私から目を逸らす。

……嫌だなー怒ってないですよ？

だから早く言ってください。

「ん？　何ですか？」

「「「ごめんなさい勘弁してください！」」」

もう一度尋ねたらその場にいた人全員から一斉に凄い勢いで土下座された。

………。

私ってそんな見境なく首狩ってるように思われてるのかな……？

いいもん……別に勘違いされてたからって悲しくないもん……。

ぐすっ……悲しくなんてないんだから……。

「お嬢様、数の方はどうですか？」

私は1人小さくなって麻を刈っていると、こちらの様子を見に来たトアさんから声を掛けられた。

「んー……まだあんまり集まってないかな……あはは……」

「そう……ですか……？」

私の様子に疑問を持ったトアさんは近くにいたプレイヤーに話を聞きに行く。

そして事情を察したトアさんは、何とか私をフォローしようと励ましてくれるが、今はその励ましが心にきて辛い……。

今ですらこんな調子なのに、イベントで森に籠ったらどうなっちゃうんだろう……。

この先が不安だよ……。


先程の事をトアさんと話しながら私たちは町へと向かう。

「しかしお嬢様も無自覚でやっているところがありますし……」

「そう言われてもなぁ……」

別に好きでやっているわけじゃないんだけどなぁ……。

「とはいえ、いくらお嬢様が怖いと言っても女性に対してあの態度は失礼だと思います」

「ねえフォローしてるんだよね？　さらっと怖いって言ったよね？」

「なので、ここはお嬢様のイメージを良くする活動をするべきだと思います」

「イメージを良くする？」

んー……どんな事すればいいんだろ？

「一先ず、お嬢様が怖がられている原因の1つは首を狩る事だと思います」

「でもそれは私の攻撃手段だから変えられないよ？」

「はい、それは承知しております。そこで、お嬢様＝首狩りというイメージを逆手に取って饅頭を売り出すのはどうでしょうか？」

私はトアさんの発言に首を傾げる。

「どうして饅頭なの？」

「元々饅頭は人の頭を模して作られたものです。そして人の頭を模しているという事で、神への供物としても利用されていました」

「へー」

「なので、いっそのこと少し大きめの饅頭を売り出すことでお嬢様の首狩りのイメージを饅頭を売る人というイメージに置き換えてしまうのです」

「そんな上手くいくかなぁ？」

「えぇ、きっと大丈夫です」

「でも饅頭って事は餡こがいるよね？　私まだ持ってないよ？」

「それなら豚まんにしてしまえばいいと思います。王都ならば加工肉が多く売られているので、まとめて購入すればある程度は割り引いてもらえるはずです。勿論提案者の私もお金を出しますので。もしくは少し日を頂ければ変わり種の肉としてサニーシープを数十体ほど手に入れてきますが」

「あーうん、お店で加工肉買おっか。でもトアさんは服作らなきゃいけないから先にそっち作ってて。お肉は私が買ってくるから」

「わかりました。では待っている間に完成させておきます」

話は決まり、私は王都でお肉を買いに、トアさんはこっちで服を作る事になった。

一日イベントマップから出た私は王都へと向かう。

イベントマップの影響か、普段の王都よりもプレイヤーの数は少ないように感じた。

市場の場所は以前来た時には把握してあるのでわかっているのだが、お肉の加工場となると別だ。

まさか市場で動物の解体を行うわけにはいかないため、必ずそういった加工施設か場所が設けられているはずなのだ。

エアストでもそうなのだから、王都でもきっとそうだろう。

私は市場の人に話を聞いて加工施設を教えてもらう。

予想通り、お肉の加工施設は少し離れた場所にあり、看板に『この先肉の加工施設』と注意書きも書かれていた。

しばらく先へと進むと、大きな倉庫のような施設があり、私はもう慣れたが少し獣っぽい臭いが倉庫の中から漏れていた。

「すみませーん……」

私は倉庫の扉から顔を覗かせて声を掛ける。

中には大勢の人がおり、今も台に置かれた牛や豚を解体していた。

すると私に気付いたおじさんが一旦手を止めてこちらに近付いてくる。

「ん？　異邦人の嬢ちゃんがこんなところで何やってんだ？」

「えっと……お肉を買いたくて来たんですけど……」

「何の肉だ？　牛か？　豚か？」

「えーっと……」

豚まんって事だから豚肉でいいんだよね？

「ちょっと豚肉が欲しいんですが……」

「何kgだ？　部位はどうする？」

「ええっと……何kgがいいんだろ……でも量は多い方がいいよね……？　えーっと……えーっと……」

私が悩んでいると、対応していたおじさんも少し困って頭をぽりぽりと掻く。

そんな時、私の後ろの方から元気な声が聞こえてきた。

「おやっさーん！　エルザっすー！　余った獲物持ってきたっすー！……って……その後ろ姿に服装は!?」

見知った声に気付き後ろを振り向くと、そこにはシスター服を着ていながら軽々と片手で猪を抱えているエルザさんがいた。

「アリスさんじゃないっすか！　こんなところでどうしたんすか！」

「いや……エルザさん落ち着いて……」

エルザさんは私に気付くと凄い勢いで駆け寄ってきて質問をしてくる。

おじさんも突然のエルザさんの登場に驚くというよりも、私の方に驚いている気がする。

「エルザ嬢ちゃん、この嬢ちゃんと知り合いなのか？」

「知り合いも何もアリスさんは聖女っすよ！」

「聖女じゃないですからね!?」

ほら！

おじさんもびっくりしてるじゃん！

変な誤解植え付けないで！


しばらく話して誤解を解き、エルザさんを交えて話し合いを再度行う。

「それでアリスさんは豚まんを作るためにお肉を買いに来たって感じっすね？」

「うん。でもどれぐらい必要かっていうのまでは考えてなくて……」

「その豚まんの大きさはどれぐらいなんだ？」

「えーっと、人の頭っていう話だったんですけど、それだとやっぱり大きすぎるのでその半分か三分の一ぐらいがいいかなーって考えてます」

「なら結構多めにあった方がいいな。話を聞くと【収納】は持っているんだし、日持ちとかはあんまり考えなくていいからな」

「なんならあたしがアリスさんのところに肉仕入れるっす！」

いやエルザさん……貴女は孤児院の子たちのご飯獲ってこないといけないんでしょ……？

「まぁエルザ嬢ちゃんの仕入れとかは置いといて、一先ず20kgぐらいでどうだ？　結構数配るっていうし、そんぐらいあっても困らないだろ」

「はい。それでいくらぐらいになりますか……？」

「豚肉だからkg当たり大体1000Gだから……2万Gってところだな」

まぁ2万Gぐらいなら……。

たぶん話した感じ、エルザさんの知り合いだから端数とか負けてくれたんだよね。

ところで……。

「エルザさんは何でここに？」

「そりゃー獲ってきて余った肉をここに売ってるんっすよ！　むしろあたしたちの教会の収入源はこういったやつっす！」

「なかなか血生臭い収入源ですね……」

流石バトルシスターといったところかどうか……。

「まぁ今だと援助をしてくれるところがあって助かってるっす！」

おぉ、援助してくれるところができたんだ。

「それはよかったね」

「はいっす！　これもアリスさんのおかげっす！」

ん？

私のおかげ？

どういう意味だろ？

「いやー首狩り教っていう異邦人の人たちが援助してくれるってなって大助かりっすよ！　聞けばアリスさんと懇意っていう理由だけで援助してくれるなんてやっぱりアリスさんは聖女だったんすね！」

…………。

ちょっと待って⁉

何であの教会と首狩り教が繋がってるの⁉

てかどこでその情報手に入れたの⁉

私その事誰かに言ったっけ⁉

「アシュリーもアリスさんに感謝してたっす！　だからまた来てほしいっす！」

「あー……うん……時間が空いたら行くね……」

「はいっす！　楽しみに待ってるっす！」

おかしい……。

きっとイメージアップにはなっているんだろうけど……。

これは……違くない……？

豚肉を購入し、残りの材料を取りに一度お店に戻る。

っと、具材の他に蒸すための道具も持ってかないと。

いつ必要になるかわからないけど、先にルカに作ってもらってたんだよね。

でもあくまで大量生産用じゃないから新しくルカに何個か作ってもらわないと……。

行く前にサイに「ご主人様は一体何を目指してるんだ……？」って顔されたけど、それは私にもわからないから何も言えないんだよね……。


「ただいまー」

イベントマップに戻った私はトアさんが連絡してくれた場所へと向かう。

「あっ、お嬢様。お帰りなさいませ」

「お帰り」

「……何これ」

「何、と言われますと？」

「屋台だけど？」

なんでかれこれ2時間ぐらい席外してたぐらいで屋台ができてるの。

しかも私ルカには言ってなかったのに当然のようにいて、しかも台の上には蒸すための道具も複数置いてあるし……。

「あの……トアさん服の方は……？」

「勿論終わらせております。そしてお嬢様をお待ちしている間にルカお嬢様と一緒に屋台を造って待っておりました」

「アリスが豚まん売り出すっていうから急いで来た。褒めて」

「いや……まぁありがたいんだけど……」

ルカって確か杜造ってたんじゃないっけ？

そっちはいいの？

でもそんな真っ直ぐな目をして頭を差し出して来るルカを無下にはできない……。

私はしょうがないなと思いつつもルカの頭を撫でてあげる。

「それと売り出すって言っても、一応難民の人たち向けに渡す予定だから無料にしようかなって思ってるけどね」

「売り上げいいの？」

「まぁお肉もそこまで高くなかったし、少し施設に出費したと思えばいいからね」

「あの……私も半分出すという話では……」

「そこは……屋台を造ってもらったことで無しの方向で」

「そ……そんな……」

いや、そんながっかりすることじゃないよね？

「さて、皮とかから作らないといけないからさっさとしないとね」

2人にも作業を分担してもらいつつ、私は豚まんの皮の作製をする。

材料を混ぜて作った生地が発酵を待つ間に次のを作り、出来上がった皮から順に具材を詰めて豚まんにしていく。

さすがに3人もいるから作業を分けられて楽だ。

本当だったら私1人で作るところだが、ルカもトアさんも【料理】を持っているので助かっている。

時刻もいい感じにお腹が空いてくる午後三時頃になってようやく渡せるほどの豚まんを作ることができた。

「さてと、あとは渡すだけだね」

「匂いに釣られて人も集まってきてるし、いいと思う」

「これでお嬢様のイメージアップ間違いなしですね」

あ、そういえばそんな趣旨だったね。

すっかり忘れてたよ。

「まぁ今は豚まん渡そっか」

「わかった」

「かしこまりました」

私たちは手分けして屋台の近くに寄ってきた人たちに豚まんを渡す。

「どうぞー」

「ありがとうございます」

「ありがとー！」

「美味しー！」

うんうん、喜んでくれてよかった。

それにしても……。

なんでプレイヤーっぽい人は避けてくの？

しかも私と顔合わせると凄い勢いで背けるし……。

豚まん配ってるだけだよ？

いっその事ここは強引に渡すべきか……。

「あのー……」

「はい……なんですか……？」

「よかったら豚まん……どうぞ」

「あ……ありがとうございます……」

近くにいたプレイヤーに豚まんを渡そうとするが、そのプレイヤーは恐る恐る豚まんの端っこを取り、受け取った手をゆっくりと手元に戻す。

いや……そんなビビらなくても……。

しかも豚まんを半分に割って中身を確認しようとまでしなくてもいいじゃん！

別に変なの入ってないよ!?

ちゃんとした具材だよ!?

仕方ない……ここは多く渡して少しでも安全な物って思ってもらわないと……。

……いや、だからなんでそもそも危険な物って思われてるの？

しばらく近寄ったプレイヤーに豚まんを渡し、何とか多少はスムーズに受け取ってもらえるようになってきた。

一時はどうなるかと思ったが、これなら多少はイメージを変えられただろう。

「おい、俺にもその豚まんくれよ」

「あっはーい」

このようにたまにだが、声を掛けてきて豚まんを受け取ってくれる人も現れてきている。

「どうぞー」

「おう」

その男の人は豚まんを受け取るとすぐに口へと運ぶ。

「結構イケんな」

「ありがとうございます」

男の人は豚まんを食った後、私の方をじろじろと見つめ始めた。

「お前なかなか料理うめえな」

「えっと、ありがとうございます」

「お前、俺の入ってるギルドに入れよ」

「……えっ？」

ん？

なんでいきなりギルドの話になったんだろ？

「お前どこかのギルド入ってんのか？　入ってねえだろ？」

「えぇ……まぁ……入ってませんけど……」

「なら俺の入ってるギルドに来いよ」

「いや……別にギルドに入ろうとかそういうのは考えてないので……」

私は苦笑いをしてやんわりと断る。

だが、男は何かが気に食わなかったのか、突然私の右腕を掴む。

「いいから入れてやるっつってんだろ！」

「っ！　離してっ！」

突然腕を掴まれた事もあり、びっくりして私は身体がこわばってしまう。

その様子を見て難民のおじさんが声を掛けてきた。

「こらこら異邦人の方。お嬢さんも嫌がっているようですし……」

「うるせぇ！　ＮＰＣの癖に指図するんじゃねえ！」

「ひぃっ⁉」

突然男は怒鳴り声を上げて難民のおじさんを威嚇する。

その男の怒声に周囲の難民の人たちも驚いてこの一帯から離れてしまった。

私はその様子を見て、頭の中で何かがプツンと切れた音がした。

「……離して……」

「うるせぇ！　元はと言えばお前が！」

「……離せ」

もはや無意識に私は空いていた左手で腰に差している脇差を抜こうと柄に手を掛ける。

それと同時にルカとトアさんが現れ、ルカが私の左手を、トアさんが男の腕を掴む。

「アリス、落ち着いて」

「申し訳ありません。気付くのに遅れました」

ルカは冷や汗を流しながら私の手を掴んでおり、トアさんは殺気を出しながら男の腕を掴みつつ、男を威嚇している。

男もトアさんの殺気に怖気づいてたのか、私の右腕を離し、トアさんもそれを確認して手を離す。

「くそっ！」

男はもはや何をやっても無理だと判断したのか、そのまま走り去っていった。

その様子を見て私も左手の力を弱める。

「……落ち着いた？」

「うん……」

ルカの様子から、私もかなりやばい状態だったのだと冷静になった後理解した。

恐らくルカが止めてくれなかったら、あの人の首か腕を斬り落としていただろう。

「こんなところで流血騒ぎなんて起こしたら、アリスのイメージ悪くなっちゃう」

「うん……。止めてくれてありがと……。トアさんもありがとね……」

「いえ、私がもっと早く気付いていればうまく対処できたのですが……」

「ううん。こっちこそあいう人がいるって事すっかり忘れてたからね。ちゃんと気を付けないといけなかったよね」

「そもそも、イベントステージにまであんなのが来るとは思ってなかった。想定外」

ルカの言う通り、協力するのが前提のイベントマップであやって場を乱すような人がいるなんて思わなかったのもある。

そのため対処が上手くできなくてああいった事になってしまった。

「それよりさっき止めようとしてくれた難民のおじさんにお礼言わないと……」

さっきの騒ぎで逃げてしまったのか、見当たらない。

「わかった。私が捜す。その人の特徴教えて」

「いいの？」

「アリスがこの場を離れるよりはいい。だから大丈夫」

「ありがと……」

私はルカにぱっと見だったが、そのおじさんの特徴を伝える。

ルカは簡単にだがメモを取って捜しに行く。

残った私とトアさんはこの後どうするか話し合う事にした。

「ではルカお嬢様が戻ってくるまでは豚まんの配布を続けるとしましょうか」

「そうだね。でも余計人が近寄らなくなっちゃったね……」

先程までは多少なりとも人は寄っていたのだが、今はほとんど近寄ってこようとしてこない。

「先程のような事があったのです。これればかりは仕方ありません」

「せっかくトアさんがアイデア出してくれたのにごめんね……？」

「いえ、私こそあいった輩の対策を考えずにいて申し訳ありません。次からはお嬢様を1人にしないように他に手の空いてる方にも手伝っていただきましょう」

「他のってなると……海花とかぐらいしか思いつかないんだけど……」

「海花お嬢様ならば、お嬢様がお願いすれば飛んでくることでしょうし、安心です」

いや、安心なのかな？

むしろファンの人たちも来てかなり大事になりそうな気しかしないんだけど……。

相談が終わるとトアさんは真面目な顔をする。

「それと今回の件について、リーネ様たちにも報告する必要がありますね」

「……うん、そうだね」

ああいった人がいるならその対処もしないといけないもんね。

十分後、ルカが捜していた難民のおじさんを連れてきてくれたので私は先程の事のお礼を言う。

そして余り物で申し訳ないが、少しばかりのお礼として家族分の豚まんを人数分袋に入れて渡すことにした。

おじさんも先程の件について思うところもあったのだろうが、微笑みながら「頑張ってね」と言ってくれた。

私はその気持ちを裏切らないよう心に誓った。

【町を】防衛イベントスレＰａｒｔ１【つくろう】
１：名無しプレイヤー
防衛イベントに関するスレ
次スレ作成　＞＞９８０

～～～～～～～～～～～

５９７：名無しプレイヤー
　いやぁ粘土とか石とか木材とかリポップして助かるわー
５９８：名無しプレイヤー
　普通だったら削ったら削っただけ無くなるしな
５９９：名無しプレイヤー
　でもまだ堀とか造ってないけどああいうのは戻るんかな？
６００：名無しプレイヤー
　それ運営に質問してみたんだが、あくまでリポップするのは採掘場や採石場、採土場とか作物とかだけがリポップするらしい
６０１：名無しプレイヤー
　それならよかったわー
６０２：名無しプレイヤー
　掘ったのがしばらくしたら元通りとかどこの拷問かな？
６０３：名無しプレイヤー
　自分で掘った穴をまた埋めるを繰り返すのはＮＧ
６０４：名無しプレイヤー
　一番心がへし折れる拷問はＮＧ
６０５：名無しプレイヤー

そういや聞いた話なんだが、北東の地形を森にするってマジ？

606：名無しプレイヤー

へー森にすんのか

景観のためか？

607：名無しプレイヤー

森……防衛戦……うっ……頭が……

608：名無しプレイヤー

森……狩場……首狩り……うっ……頭が……

609：名無しプレイヤー

＞＞607＞＞608お前らはもう休め

610：名無しプレイヤー

いやーマジで防衛陣地だったとしたらあの子1人でいいんじゃないですかねぇ

611：名無しプレイヤー

さすがにそれはないやろぉ（フラグ

612：名無しプレイヤー

まっさかそんな事あるわけないやろぉー（フラグ

613：名無しプレイヤー

※事実である

なお旗下に【病毒姫】、【人形姫】とその配下、首狩り教がつく模様
614：名無しプレイヤー
勝ったな　風呂入ってくる
615：名無しプレイヤー
勝ったな　飯食ってくる
616：名無しプレイヤー
北東は勝ち確っと
俺当日どこに行こうかな
617：名無しプレイヤー
【首狩り姫】がこれほど頼りになると思ったことがかつてあっただろうか。いや、ない（反語
618：名無しプレイヤー
敵では恐ろしいが味方になればこれほど頼もしい存在がいただろうか。いや、いない（反語
619：名無しプレイヤー
しかも遊撃部隊として拠点を森に造るとのことらしい
620：名無しプレイヤー
遊撃？　主力部隊の間違いじゃないですかね？
621：名無しプレイヤー
（敵の）阿鼻叫喚の渦が見えるぞ見えるぞぉ！

622：名無しプレイヤー
北東に攻めてくる敵は可哀想だなぁ……（同情

623：名無しプレイヤー
プレイヤーイベントでの俺らの苦しみを味わうがいい（憎しみ

624：名無しプレイヤー
（あっちからしたら）完全にとばっちりなんだよなぁ……

625：名無しプレイヤー
仕方ないね

だって君たちが悪いんだから（悪役感

626：名無しプレイヤー
どっちが悪役かもうこれわかんねえなぁ

627：名無しプレイヤー
それにしても難民増えたなぁ

628：名無しプレイヤー
なんだかんだもう五百人以上はいるっぽいぞ

629：名無しプレイヤー
まだ現実で一日経ってないんだけどなぁ……（困惑

630：名無しプレイヤー

皆はりきりすぎんご
631：名無しプレイヤー
なお一部のプレイヤーに至っては連れてきた難民（女性や女の子）と仲良くしている模様
632：名無しプレイヤー
ガタッ
633：名無しプレイヤー
ガタッ
634：名無しプレイヤー
ちょっと俺難民捜して来る
635：名無しプレイヤー
いや待て俺が行こう
636：名無しプレイヤー
いやいや俺が俺が
637：名無しプレイヤー
こいつらほんと現金で草
638：名無しプレイヤー
にしても難民和風系の黒髪ばっかりだしなぁ……
639：名無しプレイヤー

お近づきになりたい気持ちはわからなくもない

640：名無しプレイヤー

コミュ障をゲームで鍛えるお前ら。嫌いじゃないぞ

641：名無しプレイヤー

ある意味コミュ障を直す機会を与えてくれる神イベなのでは……？

642：名無しプレイヤー

運営……お前が神か……

643：名無しプレイヤー

運営　is GOD

644：名無しプレイヤー

こいつら掌を返しすぎやろ

645：名無しプレイヤー

【速報】【首狩り姫】が豚まんを配布している

646：名無しプレイヤー

ふぁっ⁉

647：名無しプレイヤー

中身は何の肉なんですかねぇ……

648：名無しプレイヤー

そりゃぁ……あれだよあれ……（逸らし目

649：名無しプレイヤー
人肉はＮＧ

650：名無しプレイヤー
人肉とは一言も言ってないんだよなぁ……

651：名無しプレイヤー
ちょっと掲示板で＞＞649がその中身人肉って言ってたって伝えてくるわ

652：名無しプレイヤー
＞＞651やめてぇぇぇぇぇ！！！！！

653：名無しプレイヤー
ヤムチャしやがって……

654：名無しプレイヤー
あっこの豚まんうめぇ

655：名無しプレイヤー
もう食ってる奴いて草

656：名無しプレイヤー
そりゃぁアリスちゃんが作った物なら毒だろうが食いますわ

657：名無しプレイヤー

やべえよやべえよ……

658：名無しプレイヤー

ファンクラブマジやばくね？

カ○ナちゃんはぐうかわだから許される

659：名無しプレイヤー

こいつらやっぱりロリコンかよ……

660：名無しプレイヤー

は？　んだ今アリスちゃんのとこに現れたやつ　はっ倒すぞ

661：名無しプレイヤー

>>661いきなりどうした

662：名無しプレイヤー

この>>661のキレ具合　やべえ匂いが

663：名無しプレイヤー

あの野郎いきなりアリスちゃんの腕掴みやがった

しかもアリスちゃんちょっと怖がってるじゃねえか

つか止めに掛かった難民たちに怒鳴り散らしてんじゃねえよｋｓが

664：名無しプレイヤー

665：名無しプレイヤー

なんだその命知らずなやつは……
666：名無しプレイヤー
てか難民にまでかよ……
667：名無しプレイヤー
おいどこのDQNだ？
668：名無しプレイヤー
いやーそんな事やりそうなのはごく少数な気しかしないんだよなぁ……
669：名無しプレイヤー
少し離れてるからわからんが、アリスちゃんのところのメイドとルカちゃんが駆けつけた後に
そいつ逃げた
俺ちょっと尾行してくる
670：名無しプレイヤー
＞＞669tr
671：名無しプレイヤー
何かわかったら教えてくれ
672：名無しプレイヤー
てかイベントマップにまでそんなの来るとかマジかよ
673：名無しプレイヤー

難民弱ってんだから変な事するなよって感じだな

674：名無しプレイヤー

＞＞673ほんそれ

辛い思いして逃げてきたんだから優しくしてやれよ

675：名無しプレイヤー

とりま各自難民のメンタルケアできる限り頼むぞ

676：名無しプレイヤー

＞＞675コミュ障だけど頑張る

677：名無しプレイヤー

＞＞675女の子目当てだったけど頑張る

678：名無しプレイヤー

＞＞675子供目当てだったけど頑張る

679：名無しプレイヤー

＞＞677＞＞678おめーらは普通に接しろ！　変な事するんじゃねえぞ！

680：名無しプレイヤー

へーい（鼻ほじ

681：名無しプレイヤー

にゃはは。変な事したらわかってるよにゃ？

６８２：名無しプレイヤー
　ひえっ……
６８３：名無しプレイヤー
　すんません冗談です！
６８４：名無しプレイヤー
　全く……
　何か騒ぎがあったから気になってみてみたらこんにゃ事になってるとはおもわにゃかったにゃ
　恐らく本人から伝えに来ると思うから詳しく聞いてみるにゃ
　そっちも情報収集よろしくにゃ
６８５：名無しプレイヤー
　うっす
６８６：名無しプレイヤー
　イエス、マム！

　屋台の片付けを行い、私たちはリーネさんの元へと向かった。

「リーネさん、いますかー？」

「いるから入ってきて平気にゃー」

テントの中に入る前に一度声を掛ける。

するとと中からリーネさんの声が聞こえたので中へと入る。

「そろそろ来ると思ってたにゃ」

「えっ？　何でですか？」

特にリーネさんのところに行くなんて連絡してなかったはずだけど……。

「ちょっと掲示板でアリスちゃんたちの事を聞いたからにゃ。それで、何があったか言いに来たところだよね？」

「はい……」

私は先程の件をリーネさんたちに伝える。

それを聞いてリーネさんは「うんうん」と頷く。

「掲示板の内容とほぼ一致してるにゃ。まぁアリスちゃんに非はにゃいのは確実だからそこまで気にしないでにゃ」

「わかりました……」

「まぁそうは言っても難民さんたちの事は気ににゃってるだろう事はわかってるし、そこについてはこっちの方でフォローしてるにゃ」

「すいません余計な手間まで掛けてしまって……」

「いいにゃいいにゃ。その分当日には馬車馬のように働いてもらうからにゃ」

にゃははと笑いながらリーネさんは話を続ける。

「それとその男性プレイヤーについてはまだ把握してにゃいからそこだけはごめんにゃ」

「いえ、私の方こそルカとトアさんが止めてくれなかったら流血騒ぎになっていましたし……」

完全に首か腕は持っていっただろうし……。

それを聞きリーネさんは少し苦笑いをする。

「それはちょっと勘弁にゃ……。てかアリスちゃんそこまでキレてた感じにゃのね……」

「いやぁ……今思うとあの時はキレたせいでアリカまで出てきた感じが……」

「にゃ？　アリカ？」

「あっなんでもありません」

おっとっと……。

アリカについてはリーネさんには話していなかった……。

別に色々相談に乗ってくれてるリーネさんには説明してもいいんだけど、こうも人が多いところでそれをするのはねぇ……。

「まぁこっちでも今後そういう事が起こらないように気を付けるにゃ」

「元はと言えば私のせいなのにすいません……」

「いいにゃいいにゃ。それよりもアリスちゃん、救護施設の方で塗り薬とか欲しいっていう声があったからちょっと行ってきてほしいにゃ」

「わかりました」

「じゃあ私も手伝う」

「では私は少しこちらでお話を聞いていようと思います」

ルカは私についてきて、トアさんはリーネさんと少し話をしたいようだ。

私は「行ってきます」と言ってルカと一緒に救護施設の方へと向かった。


「それで、その姿で会うのは初めてだと思うけど……今は何て呼べばいいかにゃ？」

「先程お嬢様がおっしゃったようにトアでお願いいたします」

「わかったにゃ」

私──トアは少しリーネさんと2人きりで話がしたいという事で人払いはしてもらってある。

そのため今この場にいるのは私とリーネさんだけだ。

「単刀直入に聞きます。例の男の正体、わかっているんですよね？」

「そうにゃ。まぁあの場ではわかってにゃいって言った方がいいかと思ったから少し嘘ついたにゃ」

「そうですね。公にして大事にするよりはいいでしょう」

「その様子だとトアちゃんはわかってるみたいかにゃ？」

「勿論です。あのような事をするやつらなど1つしかありません。念のため視ましたけどね」

「全く困ったものにゃ……」

「えぇ本当に」

しばらく沈黙が続き、気まずいと感じたリーネさんは話題を変えようとする。

「そういえば何でアリスちゃんのところのメイドにゃのにゃ？」

「それは勿論お嬢様の戦闘時と平時のギャップがドストライクで……。……ごほん、お嬢様の気高さ諸々から仕えるべき主と考えてお側にいさせていただきたいとお願いしたからです」

「今本音少し漏れたにゃ」

「気のせいです」

「そっそうかにゃ……？」

「はい、そうです」

「それにしても、以前と比べてトアちゃん変わったにゃ」

「そうですか？」

「以前は本当に仏頂面だったにゃ。表情もほとんど変わらなかったにゃ」

「以前の事はもう忘れてください……」

あの時はこの世界をゲームとしか思ってなかったんです……。

「でも今はなんだか生き生きとしてるように思えるにゃ」

「生き生き……ですか……？」

「それもこれもアリスちゃんの影響かにゃ？　あの子と接していると何故か助けたくなるって感じになるにゃ。そのせいでその分こっちも頑張らないといけなくにゃるにゃ」

「そうですね……。お嬢様はどこか危うい感じがあります。ですので私たちが寄り添ってあげないとどこまでも1人で行ってしまうきらいがあります。ルカお嬢様も無意識ですがお嬢様を1人にしたくないんでしょう」

戦闘時にたまに見せる表情も、先程一瞬見せた表情もどことなく危うさを感じさせますからね。

それこそ、どこまでも堕ちていくように……。

「っと、少し長く話し過ぎたかにゃ？」

「そうですね。お嬢様たちが心配してこちらに戻ってきてしまうかもしれません。それでは私はこれで」

「はいにゃー」

さてと、お嬢様たちの元に戻らないといけませんね。


私——リーネはトアちゃんが去った後1人思考する。

少なくとも彼女ならば相手の正体を見破る事など造作ないだろう。

とはいえ、いつまでも放置するわけにはいかない。

幸いそこまで私たちプレイヤーのイメージは下がってない。

それもこれも皆が親切に接してくれたおかげだ。

だがそれとは別に対策を講ずる必要がある。

しかし、相手の拠点がどこに造られるかがわからない以上、こちらから手を出すことはできない。

全く……ホント迷惑な話にゃ。

「リーネ、もういいのか？」

「平気にゃ。もう話したい事は大体終わったにゃ」

「そうか。ならさっさと都市計画進めるか」

「……ホント大変にゃ……」

「何か言ったか？」

「んにゃ。にゃにも言ってにゃいにゃ」

誰か苦労枠代わってくれないかにゃ……？


救護施設での手伝いが終わり、私とルカはトアさんと合流する。

「トアさんもう話は終わったの？」

「はい、大丈夫です」

「あっ、そういえばリーネさんに当日トアさんも私たち側でいいのか聞くの忘れてた……」

「まぁ……大丈夫じゃないですか？　何なら私が後で確認しておきますので」

「あーうん、お願いしてもいい？」

「かしこまりました」

なら後確認しておくことは特にないかな？

拠点造りはルカがやる気満々だし、森については私がせっせとやる感じだし。

「いっその事リスポーン地点も選べたらいいのに」

「それって暗に私たちは森でイベント終えるって言ってない？」

「一応……保険も……必要だし……」

ルカ、そこで顔を逸らさない。

「にしてもよく皆お城の建て方なんてわかるよね」

「いえ、そうでもないようですよ」

「えっ？」

そう言うとトアさんはある一角に向けて指を差す。

「えーっと下積みはこれでこうなって……」

「いいからどんどん覚えてきた事書き込め！　確認は全員が書き終わった後にすりゃいい！」

「くっそぉぉぉぉ！　覚えてきたことをこっちで書き写す事になるとは思わなかったぁぁぁ！」

「城造りとか内容濃過ぎんだよ！　土塁と石垣のメリットデメリットが本によって微妙に違いすぎてわからねえよ！」

あぁ……そういう事ね……。

確かに建築学とかやっていたとしても普通はお城なんて建てないもんね。

皆わざわざログアウトして調べてそれを書き写してるのね……。

「まぁ覚えきれるかは、趣味かどうかでも変わるし」

確かに私も童話とか童謡は結構好きだから覚えてる節がある。

「生産職って大変そう」

「いや、ルカも片足突っ込んでるよね？　社とか鳥居造るのって生産職に入るよね？」

「アリス、それは違う」

「どう違うの？」

「私がやってるのはアリスのための生産。強いて言えばアリス職」

「何か新しい職業できてない？」

「宗教では首狩り教もあるし、職業でもアリスに関連するものがあってもおかしくない」

「いや、おかしいところしかないからね？」

何故私に関係すると宗教や職業ができるんだ……。

私はやれやれといった具合に溜息をつく。

そんな私たちの会話をじっと聞いていたトアさんがふと口を開く。

「それにしてもお嬢様方はとても仲良しですが、何かきっかけとかあったのですか？」

きっかけかぁ……。

そもそもルカと出会ったのがハーフェンに行くための馬車の中だしなぁ。

「あれは私がぼっちでハーフェンに行く時の事」

あれ？

それ語るの？

「馬車の中には知らない男の人しかいなくて怖かった。でもそんな中1人、アリスがいた」

確かにあの時は私とルカぐらいしか女性はいなかったけど……そこまで大袈裟な事だったかな？

「そんなアリスに勇気を出して声を掛けた。そして膝枕をしてもらった。……あれはとてもよかった……」

「そこまでうっとりするようなものじゃないよね？」

「そのような事が……。私も是非膝枕をしてもらいたいものですね」

「いや、そこまで羨ましがるものじゃないですからね？」

つい最近エルザさんにもしてあげたし。

まぁあれは慣れてないのもあったから変な反応しただけだもんね……。

「そんなこんなでアリスと一緒に狩りをして仲良くなった。キャンプイベントでもアリスのご飯、美味しかった。お嫁さんに欲しいと思ったぐらい」

「私がお嫁さんだとルカがお婿さんになるけど平気？」

「……リアに性転換薬作ってもらわないと」

「冗談だからね⁉　あの薬は危険だから禁止！」

作り方が出回ったらホント何が起こるかわからないからね……。

リアもルカにお願いされたら一つぐらいは普通に作りそうだし……。

「リアお嬢様と言えば、お店の近くには同じぐらいの歳の子供もいませんし、どこかでお友達でもつくってあげるといいかもしれませんね」

「あー……」

確かにリアの歳ぐらいなら普通に友達と遊んでるよね。

リアもだけどサイもそういった事言わないからついつい気が付かないでいたよ……。

「このイベントマップ次第かもしれませんが、無事エアストの方とゲートが繋がるようならば、お嬢様の別邸をこちらに構えてもいいかもしれませんね」

「別邸？」

「はい。別にこちらではお店といった事はせず、リアお嬢様方が近い歳の子と遊ぶための拠点として利用するのもアリなのではないでしょうか。例えばお嬢様がこちらのマップに用がある時に一緒に来るなどして、お嬢様は本来の用を済まし、その間はリアお嬢様とサイ様はこちらで息抜きとして遊ぶといった具合に」

確かにトアさんの提案はいいかもしれない。

私がいない間にエアストから離れるっていうのは不安だけど、私がいる時という制限があれば安心できる。

それこそ、リアやサイに仲の良い子ができたら２人の将来的にも繋がりができる。

何ならその子の家族含めて、私のお店の方に住み込みさせてもいいぐらいだ。

トアさんが増えたと言っても、部屋はまだ余ってるし。

あれ？

これって結構良い提案なんじゃ？

私もこっちでの探索とかが長引いたらここでの拠点で寝泊まりできるし、何なら色々道具とかも置いておける。

それこそこっちでの人を雇って余ってるアイテムを売り出してもいいぐらいだ。

まさにラビット・ティーパーティ二号店といった具合に。

「そうなるとお店とこっちでの家を繋ぐためのポータルとか必要だよね。そういうのってあるのかな？」

「えっと……今の話からどうしてお店と繋ぐ話に……」

「えっ？　だってお店と繋がってれば余った素材とかアイテムすぐ送れるでしょ？」

「あの……お嬢様……。まだ家も建ってないどころかちゃんと繋がるかもわかってないので先走りすぎるのはちょっと……」

「……これ、アリスが暴走するやつだ。アリス、リアたちのためならどこまでも頑張っちゃうから」

えーっと、それならまずは運営にそういったアイテムの確認を……って、運営が答えてくれるとは思えないからショーゴに聞けばいいかな？

たぶんショーゴなら知ってるだろうし。

あとはそれがあったとして、お金も結構かかるだろうしお金集めもしないといけないかも。

いざとなったら山王鳥の卵を市場に出して……。

あとは……。

この後、アリスの暴走思考が終わるまでルカとトアは見守るしかなく、トアは失言をしてしまったと反省した。

「ごめんね。ちょっと熱くなっちゃった」

「いえ……大丈夫です……」

少し逸り過ぎて2人を置いてきぼりにしてしまった。

でもリアたちにお友達ができるのは良い事だし、少しぐらい考えてもいいよね。

「アリスはリアたちの事になると周り見えなくなるよね」

「えっ？」

「なんでもない」

ルカがぼそっと何かを言った後そっと顔を逸らす。

んー……まぁいっか。

「それよりこの後どうしよっか？」

「ちょっと私は森に行って良さそうな木伐採したい」

「じゃあルカは別行動かな？」

「んっ。でもさっきのような事もあるかもだから護衛呼んどいた」

「護衛？」

ルカが指をパチンと鳴らすと、ルカの背後に神父服を着た人が片膝をついて現れた。

「ご指示に従い推参いたしました」

「じゃ、アリスの護衛よろしく」

「お任せくださいませ、名誉顧問殿」

「じゃあアリス、またね」

「あーうん……気を付けてね……」

そう言ってルカはこの場から去って行った。

そして残された私とトアさんは立ち上がった身長180㎝ほどはある神父服を着た男性にどう対応するか混乱していた。

「……ねぇトアさん……この人誰……？」

「えーっと……恐らくルカお嬢様を名誉顧問と言っていたので首狩り教の人ではないかと思いますが……」

情報通のトアさんでもこの人の事は知らなかったらしい。

私とトアさんがヒソヒソ話をしている最中、男性はニコニコとしたままこちらの様子を窺っている。

正直言って……怖い……。

特にあの笑顔が……。

ともかく声を掛けない事には始まらない……。

私は意を決して声を掛ける。

「あのー……貴方は……」

「おぉ……使徒様から声を掛けていただけるとは……。私、感激であります」

何で声掛けただけで涙を流すの……？

「申し遅れました。私、首狩り教の教祖を務めさせていただいております、ファナティクスと申します。この度は名誉顧問殿のお力添えにより使徒様とお引き合わさせていただける機会を頂き、このファナティクス、至上の喜びです」

……………。

首狩り教は合ってたけどまさかの教祖だったー!?

ルカもぼそっとぶっ飛んだ人って言ってたけど、まさか初対面から飛ばしてくるとは……。

「べっ別に私そんな大したプレイヤーじゃないからそこまで畏まらなくても……」

「いえっ！　私共は使徒様の洗練された戦闘技術に心を奪われた者たちです！　そして貴女様は崇めるべき尊いお方です！　そしてこの度、我ら首狩り教を旗下に入れていただけるという大変名誉な役目を頂きました！　言うなれば我らは貴女様の僕！　我らはただ伏して使徒様の敵を討ち倒す者です！」

「あー……うん……わかった……わかりましたから……」

やばい怖い怖いこの教祖様怖い……。

というか首狩り教怖い……。

「ここまでくるともはや教徒というより狂徒ですね……」

トアさん！

わかってるなら止めてよ！

しばらくすると、ファナティクスさんは落ち着きを取り戻し、一礼する。

「申し訳ありません。使徒様に会えた事の喜びで少し我を忘れていたようです」

「そっそうですか……」

我を忘れるって何だっけ……？

「それと使徒様にもう1つ、お礼したい事があります」

「お礼？」

「はい。プレイヤーイベントの際、首狩り教の教徒たちの相手をしていただきありがとうございます。教徒たちも良い経験を得られたと歓喜しておりました」

「そっそうですか……」

そこまで大した事はやってないはずなんだけどなぁ……。

「そういえばファナティクス様」

「はい、何でしょうか」

「1つ聞きたかったのですが、首狩り教は日々のノルマとして首を狩っているという話を聞いた事がありますが、その狩ってくる首の基準はどうなっているのですか？」

「基準……ですか？」

「えぇ。モンスターのでもいいのか、それともプレイヤーしかダメなのかという事を聞かせていただきたいのですが、よろしいですか？」

トアさん……なかなか思い切った質問するね……。

というかこれはあれか、ルカは大丈夫とは言ってたけど危険な事をしていないかどうかの確認という事か。

一応使徒として崇めている私の前で嘘は吐けないと考えての質問なんだろう。

「ハッハッハ。何を心配しているかはわかりませんがご安心を」

ファナティクスさんはニッコリと笑みを浮かべる。

「我らが狩ってよい首は人の迷惑となるモンスターどもと使徒様に逆らう愚者どもだけです」

「「……………」」

前言撤回。

かなりやばい人たちだ……。

トアさんは私に再び耳打ちをする。

「お嬢様……やはり首狩り教は狂徒なのでは……？」

うん、気持ちはわかる。

でも基本的な部分は良い人たちだ。

うん、きっとそうだ。

すこーし思考が変なところを除けば。

「そういえば先程名誉顧問殿がおっしゃってた事を起こした愚者が見つかっていないようですね。

何なら我らが捜してみせましょう」

「いっいいえ大丈夫です！　そっちはリーネさんにお任せしたので！」

「畏まりました」

やばい……これ私が変な指示したらホントに実行する感じだ……。

何で私の周りってこうスイッチ入れるとやばい人ばっか集まるの……？

「お嬢様」

「トアさん……」

「類は友を呼ぶという慣用句をご存じですか？」

「…………」

トアさん……それはどういう意味で言ってるのかな……？

別に私って変じゃないよね⁉

ねぇトアさん！

何でそこで顔背けるの！

まるで私がスイッチ入るとやばい人みたいじゃん！

そんな事ないよね！

ねえってばっ！

「無駄に疲れた……」

「特に疲れる要素はなかったはずですが……」

だって！

まるで私がスイッチ入るとやばい人みたいに言うから必死に否定しただけだもん！

「ハッハハッハ。使徒様とトア様はお仲がよろしいようですね。私は使徒様はもっと人見知りだと聞いていたので少し驚きました」

ファナティクスさんは私たちの様子を見て微笑ましそうに笑う。

確かに人見知りだけど、ルカほどではないというか……。

まぁルカは本当に人見知り激しいからなぁ……。

「って！　そういえばファナティクスさんに聞きたいんですけど、王都の孤児院の事どこで知ったんですか⁉」

「あれですかぁ……。いえ、教徒から使徒様が聖女として認知されたという事を聞きまして、是非とも懇意にしていただきたいと思いまして寄付をしただけですよ。余るとは言いませんが、我々もお金の使い道はそう多くはないので首狩り教での総資産の一割ほどを寄付して外装の修理等にでも使ってもらおうと思いましてねぇ。まぁたったの百万G程度ですので、あれぐらいのお金で使徒様を聖女とする教会と懇意にしていただけるなら安いものです」

待って、何かおかしい。

百万ってあの百万だよね？

百万で1割って総資産一千万って事になるよね？

「もしや金額を心配していらっしゃいますか？　ご心配なく。教徒各々の資産も含めればもっとありますので問題ありません」

「いや、そういう事じゃ……」

ダメだ……話が通じていない……。

こんな感じでよくルカと知り合えた……。

ふと普段のルカの事を思い出して右手で頭を抱える。

そうだ……ルカも比較的大人しいだけで割とこんな感じだった……。

ポーションの瓶の時もそうだったし……。

気が合うはずだよ……。

「そういえば使徒様」

「何ですか？」

「掲示板で見たのですが、北東の方で森を造っているというのは本当ですか？」

「あーはい……」

闘技イベントみたいに小さいフィールドじゃないから割と悟りの域でやってるよ……。

「さすがにルカたちも【急激成長】のスキル持ってないから手伝ってもらえないもので……」

ホントあれ何百何千本の苗木を植えなきゃいけないんだか……。

だがファナティクスさんは私の発言に首を傾げる。

「使徒様。首狩り教にお申し付けくだされば全員とは言いませんが、古参の者たちは全員協力できますが？」

「へっ……？」

「とはいえ、植える苗木の種類はわからないのでそこについては教えていただきたいと思います」

「いやいや！　何で当たり前のように【急激成長】取ってるんですか⁉」

「ハッハッハ。使徒様何を当たり前のような事をおっしゃっていますか。使徒様を崇め奉っている我々が使徒様の取得しているスキルを取るのは当然であります」

ファナティクスさんはとてもいい笑顔で答える。

やっぱり首狩り教……怖い……。

首狩り教の恐ろしさに若干引きながらも3人で町を歩いていると、見知った顔を見つけた。

「あっショーゴ」

「んっ？　アリスか」

ショーゴは一緒に遊んでいたであろう男の子を下ろしてこちらを向く。

「何してんだ？」

「私たちはちょっと町歩いてるだけなんだけど、ショーゴこそ何してるの？」

「まぁ見ての通りだな」

男の子を下ろしたと思ったら、今度は別の男の子や女の子がショーゴの腰にしがみついてきた。

「何か難民助けてたらその子供たちに懐かれちまってな。ちょっと遊んでやってるんだよ」

「へー」

ショーゴの腰にしがみついている子供たちは、顔を覗かせて私たちをチラッと見るがすぐに顔を隠す。

恥ずかしがり屋なのかな？

「って、あれ？　ガウルとかレオーネさんたちは？」

「ガウルとシュウは荷物運びとかの手伝いで、クルルは怪我人の手当て、レオーネは……」

私はショーゴが指を差す方を見る。

そこにはレオーネさんを囲むようにして何人もの成人男性の方が詰め寄っていた。

「レオーネさん！　どうかお願いします！」

「えーっと……お姉さん異邦人だからそのー……」

「大丈夫です！　愛さえあれば問題ないです！」

「レオーネさん！　お金も家もないけどどうか！」

…………。

えーっと……。

「何あれ……」

「疲労困憊してたところにレオーネの世話焼きが発動した結果だ……。こっちも状況はよくわからねえけど求婚されてるって感じだ……」

「求婚って……」

弱ってたところを優しくされてって感じかぁ……。

あのレオーネさんが困っているっていうのもレアだけど……。

「んでショーゴは大丈夫だったの？」

「別に俺はイケメンとかっていうわけじゃねえからな。お姉さん方は多少なりともいたが、特にそういう事はなかったな」

「そっかぁ」

……あれ？

何で今ほっとしたんだろ？

「⁇」

「どうした？」

「ううん、何でもない」

まぁいっか。

「てかそこでさっきからニコニコしてる神父様は誰だ……？　怖えんだけど……」

「えーっとこの人は……」

正直に説明していいのか軽く迷うところだ……。

いや、ショーゴならきっと受け入れてくれるだろうけど、たぶん困惑する。

「お初にお目にかかります、使徒様の幼馴染様。私は首狩り教の教祖を務めさせていただいているファナティクスと申します。以後、お見知りおきを」

「お、おう……よろしく……」

ショーゴはチラッと私の方を向き、「普通そうな人だけどなんかあんのか？」的なアイコンタクトをしてくる。

私は小さく頷いて応える。

「我々も幼馴染様には使徒様のお話を色々とお聞かせいただきたいと思っておりまして、もしよろしければ少しよろしいでしょうか？」

「えっと……今子供たちの相手してるからまた今度って事で……」

「畏まりました。その機会をお待ちしております」

ショーゴも何かを感じたのか、日付をずらす。

てかショーゴにしがみついていた子供たち……めっちゃ震えてるじゃん……。

まぁ身長180㎝以上もあって常にニコニコしている神父様なんて怪しさMAXだもんね……。

怖がる気持ちはわかる。

ショーゴも震えてた子供たちなだめてるし、やっぱりショーゴって面倒見いいよね。

「てかアリスたちは急いでるのか？」

「ううん、そんな事ないよ」

「なら一緒に子供たちの相手してくれ。俺だけじゃちょっと限度があるからな」

「いいよー。トアさんたちもいい？」

「はい、勿論です」

「それが使徒様のお望みならば喜んでご協力させていただきます」

「あ、うん。お願いします」

トアさんはともかく、ファナティクスさんは大丈夫だろうか……？

主に子供たちが……。

「てかショーゴ、この子たち1人で相手にしてたの？」

「まぁ……そうだな……」

私は寄ってきた女の子を抱き抱えながらショーゴに聞く。

見たところ子供の数は8人ほど。

今まで隠れていたのか、それとも遠慮していたのか、構ってくれる人が増えたとわかって残りの子供たちが私たちに近付いてきていた。

「子供っつってもアリスが今抱えてる子みたいに俺には寄ってこなかった子供もいるしな。全員を全員相手にしてたわけじゃねぇよ」

「まぁたぶんショーゴは男性だし、恥ずかしかったんじゃないかな？　ねっ？」

私が尋ねると、女の子は小さく頷く。

小さい子って言ってもリアとは違った感じで少し新鮮だ。

雰囲気的にはルカに似てるかな？

ぎゅってしがみついてきて可愛い。

リアもこんなふうに甘えてきてほしいなぁ……。

「にしてもアリスは子供の相手慣れてるなぁ」

「家に2人もいますから」

「いや、どや顔されても……」

2人ともいい子だからそんなに手間掛からないけどね。

というよりもう少し我が儘を言ってほしい部分も……。

っと、なんだかトアさんの方が少し騒がしいね。

どうやらトアさんを取り合って、男の子たちが少し喧嘩になりそうな雰囲気だ。

私とショーゴは止めようと思って近付こうとするが、その前にファナティクスさんがニコリと微笑みながら子供たちに話し掛ける。

「こらこら、友達に対してそんなふうにしてはいけませんよ。皆さん仲良くしましょう。お姉さんも困っていますよ？」

ファナティクスさんに言われて男の子たちは、困り顔のトアさんを見てしゅんとしてしまう。

それを見てファナティクスさんは男の子たちの肩に手を掛ける。

「落ち込むことはありませんよ。そのように相手を気遣えるのは良い事です。ですからそのように優しい心を持って相手に接してあげましょう」

「はいっ！　神父様！」

「いい子ですねぇ。ではお互いに謝りましょう。そして仲良くお姉さんと遊んでもらいましょうねぇ」

ファナティクスさんの仲介により、男の子たちは仲直りして2人でトアさんの元へと向かった。

「ファナティクスさん凄いですね……」

「いえいえ、この程度褒められる事ではありませんよ」

「いやいや……」

仲介って失敗すると余計に仲がこじれたりするもんね。

「あの子供たちも寂しいのでしょう。しかし彼らの親はこの町づくりで忙しくてあまり構ってあげられないのでしょう。なので少し大人の雰囲気がある女性のトア様に甘えたいのでしょう」

「まぁ確かにトアさん大人っぽいですもんね……」

……って、あれ？

「一応私も成人女性に入るんですけど？」

「……ハッハッハ。使徒様は今抱えていらっしゃる女の子の相手をしていますからね。あの子たちも気を使ったのでしょう」

「っぷ……」

「ショーゴ！　今笑ったでしょ！」

「いや……笑ってねえよ……くくっ……」

「むぅー！」

まるで私が子供っぽいみたいじゃない！

ちゃんとお姉さんしてるんだから！

私とショーゴのやり取りで私たちを交互に見て不安そうにしている、この抱えている子を見事安心させてみせる！

「大丈夫だよー。喧嘩とかじゃないからねー」

「んっ……」

まずは優しく背中を撫でて落ち着かせてみる。

そして落ち着いてきてしがみついてきたら私もぎゅっとしてあげる。

仕上げに頭を撫でてあげれば……！

「んぅ……お母さん……」

どやぁ！

ショーゴ見た？

私だってお姉さんできるんだよ！

「お、おう……」

「お見事です、使徒様」

ふっふーん。

「つかさ」

「んっ？」

「お母さんって……お姉さんとはまた別じゃね？」

「……はっ!?」

いやでもお母さんと呼んでくれたって事はお姉さん以上という事であり、以上ということはお姉さんも含まれているということであり、つまり私がお姉さんという事には違いない！

「つまり私はお姉さん！」

「いや、どこもその証明にならねえだろ」

「うっ……」

「ハッハッハ！　お2人は本当に仲良しのようですねぇ」

「仲良し……？」

抱えている子が顔を上げて首を傾げる。

「そうだね、私とショーゴは仲良しだよ」

「まぁ幼馴染だしな」

「……結婚してないの？」

「……へ？」

「は……？」

えーっと……？

「何で結婚になったの？」

「だって……お父さんとお母さんも仲良しだから結婚したって……」

「えっとね？　別に仲良しだからって結婚するっていう事じゃなくてね……？」

「でもお母さん、お姉ちゃんと同じぐらいの歳で結婚したって言ってたよ？」

「んーっと……」

やばい……私そんな恋愛経験があるわけじゃない……というか、全くないから何て説明したらいいのかがわからない……。

ショーゴにヘルプを求めようと見るが、ショーゴはぱっと顔を背ける。

一応ショーゴ恋愛経験あるでしょ⁉

助けてよ！

「お姉ちゃん、お兄ちゃんじゃやなの？」

「えーっと……嫌っていうことじゃないんだけど……」

そんな恋愛経験なんてないし、結婚なんて考えた事ないから急に言われてもわからないよ！

私がどう対応すべきか困っていると、ファナティクスさんが助け舟を出してくれた。

「結婚というものはですね、仲良しだからといってすぐ結婚するわけではないのですよ。結婚というのは大切な行事です。ですからお互いの事をより知らなければそうそう結婚にはいけないのですよ。貴女のご両親も長い時間をかけた果てに結婚したのでしょう。ですので他人がそう急かすものではありませんよ？

「うん……。お姉ちゃん、お兄ちゃん、ごめんなさい……」

「ううん、大丈夫だよ」

ふぅ……。

ファナティクスさんのおかげで何とかなった……。

でも結婚かぁ……。

20歳になったし、そろそろそういうのも考えないといけないのかなぁ？

でもそういうのって求める条件とか考えないといけないんだよね？

……まぁいっか。

そういう難しい事は後々考えるとしよう！

って、そもそも何でそういう話になったんだっけ……？

「おねーちゃん、またね……」

「うん、またね」

先程まで抱き抱えていた女の子に手を振ってばいばいをする。

子供たちの親御さんたちも戻ってきたので、私たちはこの場を離れる事にした。

「もうお姉さん疲れたわぁ～……」

「アハハハハ……」

「こっちが肉体労働してる中求婚されてたしな。そもそも結婚システムとかあるのか？」

「それよりなんで俺には来ねえんだ⁉　ショーゴもショーゴで子供からはきてたけど！」

「「「そういうところだろ（でしょ／ですね）」」」

「ノォォォォォォォォォ！」

ショーゴたちのパーティーはいつも楽しそうだ。

「さて、この後どうしよっか？」

「そろそろ夜になりますし、ログアウトも考えないといけませんね」

まぁ明日もあるし、あまり無理しすぎないようにしないとね。

「ただいま」

「あぁルカ、おかえり」

伐採から戻ってきたルカが私に抱き着いてくる。

って、なんかルカの服汚れてない？

「何かあったの？」

「まぁ、色々あった」

「もしかしてその子を連れて来る時にモンスターに襲われたの？」

私はルカの後ろに立っているショートの緑髪少女を指さす。

少女は無地の黒っぽいワンピースを着ており、私の方をじっと見つめている。

「ううん、そういうわけじゃない」

「じゃあ何で？」

もしかしてその子が暴れて……んなわけないか。

「『プレイヤーのルカが女の子1人暴れたぐらいでそんなに服が汚れるわけないもんね』……って言いたいのかしら？」

……………。

あれ？

今私口に出してた？

「出してないわ」

って、あれ？

会話が成立している？

「こら、カルディア」

「別にこれぐらいいいでしょ……？」

ルカにカルディアと呼ばれた緑髪の少女は、叱られると拗ねたように顔を背ける。

「えっとルカ……その子は……」

「んっ。私の新しいペットのカルディア。種族は覚《さとり》」

「えっ……？」

えええええ⁉


一旦落ち着ける場所に移動した私たちは、ルカとカルディアを囲むように座る。

ちなみにファナティクスさんはルカが帰ってきたため、「私の役目は終わりましたので」と言ってそのまま去って行った。

「私は覚のカルディア。一応よろしくと言っておくわ」

カルディアは足を組んだ後、淡々と説明する。

「それにしても見た目は人間の女の子ですね」

「傍から見たらわからないわね～」

「黒花とか銀花とはまた違った人型って感じだね」

「何か妖怪系は人型が割と多いらしい。カルディアがそう言っていた」

まぁ確かに雪女とか鬼とかは基本人型って聞くもんね。

「でもルカ。その子と伐採している時に会ったの？」

「んっ。その時に殺しあっ……話し合ってペットになった」

「ちょっと待って今物騒な事言わなかった⁉」

「気のせい」

いやいや気のせいじゃないよね？

まさかペットになるモンスターと殺し合いをするような事なんて……って私もフェイトとある意味殺し合ってた。

やっぱりそういう条件もあるって事なのかな？

「条件なんて知らないわ。個々によってそんなの変わるし」

覚と言われるだけあって、私の考えている事も読めるようだ。

カルディアは私をじっと見つめて話を続ける。

「にしても貴女って本当に不思議ね。私にかかれば心の奥底までとはいかないけど、ある程度は見れるのに、何故か貴女のは読みきれない」

もしかしてアリカが防壁みたいな感じになってるのかな？

「恐らくね。まぁ言う気にもならないし、この世で最も醜いものなんて好きで見たいわけじゃないからね」

カルディアは言いたい事を言うだけ言うと目を閉じて大人しくする。

もしかして気を使ってくれた？

「こんな口調だけど、実は結構心配してる」

「なぁっ⁉」

ルカの指摘にカルディアは目を見開いて頬を赤らめる。

「私が誰の心配してるって⁉」

「でも森でアリスの話してる時」

「あぁぁぁぁぁぁ⁉」

カルディアは顔を真っ赤にしてルカの事をぽんぽんと叩く。

森で一体何があったのか……。

「にしても妖怪の覚がペットになるとはなぁ。こりゃマジでイベントの敵は妖怪系で確定だな」

「つか人型が多いってマジ⁉　よっしゃぁぁぁぁ！」

「シュウ……あまり期待は持たない方がいいぞ。きっとお前では無理だ」

ガウルの言う通り、私もあんまり下心ある人にはそういうペットは来ないと思うなぁ……。

「しかし、心を読む力というのはいざこざの原因となります。ルカお嬢様、十分お気をつけてください」

確かに誰がどう思っているかなんてわかったら、大きな争いの原因となる。

そこら辺の事ルカはどう考えているんだろ。

「そこについては大丈夫。カルディアは本当に優しい子。人の心を晒すなんてことは絶対にしない。他者に忌み嫌われた力を持つ故に他者から嫌われ、恐れられ、怖がられる。普通だったらその力を悪用してもおかしくない。でも、カルディアはそんな事絶対しない」

「別に庇わなくていい。単に人の前に出ようとしなかっただけだから。……あんな醜い感情なんて見たくなかったから……」

「カルディア……」

ルカはカルディアをぎゅっと抱き締める。

私たちは知らないが、きっと2人の出会いで色々とあったのだろう。

それこそルカがカルディアをペットにできた理由にも繋がっているのだろう。

だったら私たちはルカの言葉を信じるだけだ。

「じゃあカルディアの歓迎会でもしよっか？　場所は私のお店でいいかな？」

「「えっ？」」

「俺らも行っていいのか？」

「うん。となるとショーゴたちにトアさん、私たちとルカたちにサイとリアも含めて十五人ぐらいかな？」

「では私は一足先に戻って支度をしておきます」

「うん。サイとリアにも今日はもうお店閉めていいよって伝えておいて」

「畏まりました」

そう言うとトアさんは一足先にお店へと向かった。

「カルディアは食べたい物とか嫌いな物ってある？」

「いえ……特にはないけど……」

「アリス……？」

「なぁに？」

「カルディアの事とか……聞かないの？」

ルカは不安そうに尋ねてくる。

恐らくカルディアの事で怖がられるのではないかと不安なんだろう。

確かに心を覗きこまれるというのはいい気分ではないだろう。

でも……。

「ルカがカルディアの事信じてるんだもん。そのルカを私が信じなくてどうするの？」

「アリス……」

「それに、例えば人より数倍鼻がいい人がいたからって、数倍匂いに気を使うわけじゃないでしょ？　そんなもんだっ……てうわぁ!?」

ルカが突然私に飛びついてきた。

「ルカっ!?　どうしたの!?」

「………」

ルカは何も言わず、しがみついたまま私を離さない。

そんなルカの頭を私は優しく撫でてあげる。

小さな嗚咽が聞こえるが、私は何も言わず撫で続ける。

その様子を見てショーゴたちも微笑ましそうに私たちを見つめている。

人の心を読めるが故に人と関わろうとせず心を閉ざしていた少女。

優しいけど人と関わるのが苦手故にほとんど繋がりをつくろうとしない少女。

そんな2人だからこそ、この繋がりができたんじゃないかなって私は思う。

あくまで私の希望的観測だけど、そうだったらいいなぁ……。

この2人の出会いに祝福がありますように。

私は次第に沈む太陽に向かってそう願った。

「ってことで、カルディアの歓迎会という事でカンパーイ」

「「「「カンパーイ」」」」

主催者という事で私の音頭で皆手に持った飲み物を飲む。

「料理もありますので皆さん是非どうぞ」

一足先に店に戻ったトアさんが料理を作ってくれており、次々にテーブルに並んでいく。

って、私も手伝わないと。

「お嬢様はゆっくりしていてください。料理の方はこのメイドにお任せください」

そう思ったのだがトアさんにそう言われてしまったらどうしようもない。

というかたぶん梃子でも動かない。

「にくぅぅぅぅ！」

「シュウは落ち着いて食え。がっつかなくても一杯あるだろう」

「まぁ女性陣の方が多いし、そうそう肉が無くなるわけ……」

そう思ってからあげの皿を見たショーゴの目には、レヴィが勢いよく肉を丸呑みしている姿が映った。

しかもその勢いは速く、からあげ1つ呑み込んだと思ったら次々に呑み込んでいき、次第にからあげの数が減っていった。

「とんだ伏兵がいやがった!?　ガウルも急げ！　レヴィに全部食われちまうぞ！」

「まさか海蛇と肉を奪い合う事になるとは……」

あれっ？

レヴィってからあげ好きだったっけ？

それなら今度からレヴィのご飯にはからあげも考えないとね。

「このケーキ美味しいわね～」

「リアちゃんたち羨ましいですよー」

「むふふー」

「こらリア、口の周りにクリームついてるぞ」

クルルたちはケーキを食べながらリアと喋っている。

そのリアをサイが面倒を見ているといったところだろう。

そんな中、カルディアは1人唖然とした表情で私たちを見つめている。

「どうかした？」

「貴女もだけど……この人たち……変……」

「そうかな？」

特に変なところはないと思うんだけどなぁ？

「絶対変よ！　何で私を怖がらないの⁉　何で気味悪がらないの⁉　心を覗かれてるのよ！　普通気味悪がるでしょ！」

カルディアは目の前で起こっている現状を全く理解できないのか狼狽えている。

その発言はまるで今まで自分が向けられてた感情が当たり前だと言わんばかりだった。

しかし、皆はその発言に首を傾げる。

「別に無闇に言わないって言ってるし気にしなくていいだろ？」

「男はどっしりと構えてればいいものだ」

「俺はカルディアちゃん可愛いからそれぐらいへっちゃらだぜ！」

「2人のペット見てると私も人型のペットほしくなるわね～」

「私は人型でも動物でもどっちでもいいですね。あっでもちょっと爬虫類は苦手なのでそこだけは……」

「ルカお嬢様が信用しているというのであれば、私も信用しているだけです」

皆の発言にカルディアは驚く。

「嘘っ⁉　全部本心で……言ってる⁉」

カルディアからしてみたら、人の本心など所詮繕っているだけのもので醜い感情ばかりなのだろう。

しかし、ここにいる皆はカルディアにそういった感情など持っておらず、むしろ好意的な感情を持っている。

きっとそれがわからないのだろう。

「カルディア」

今まで黙っていたルカが口を開く。

「まだ会って数時間だから私はカルディアの全部はわからない。でも、少なくともここにいる人は信用していい。あとついでにここにいない海花も」

ついでって……。

海花が聞いたら怒りそうだ……。

「そんな事言われても……」

「カルディアは今まで辛い目に遭ってたから、すぐには信じる事は出来ないと思う。でも、そういう人ばかりじゃないって事は知ってほしい」

そう言ってルカはカルディアの短い緑の髪を下から優しくかきあげる。

「それにカルディアは可愛い。ネウラやミラやフェイトに負けないぐらい。いっその事カルディア教もつくっちゃおう」

「ちょっと⁉　そしたら私のフェイト教はどうなるのよ！　信仰集めてお姉ちゃんの役に立ちたいんだから！」

「悲しいけど我が子の方が大事。でもアリスも大事。難しい」

「お姉ちゃん一択でしょうがー！」

カルディア教がつくられそうな流れにフェイトがストップを掛ける。

だがルカも自分のペットが可愛いのもあるので、どうするか悩んでいるようだ。

まぁあれは軽い冗談だと思うけどね。

って、カルディアなんか照れてない？

気のせい？

「きっ気のせいだからこっち見ないで……」

そう言ってカルディアは顔を隠す。

でも耳とか赤くなってるから隠してもわかるんだよねー。

「っ〜！」

心を読めるからダイレクトに私の考えている事が伝わり、カルディアは顔を隠したままぶんぶんと首を左右に振る。

そんな中、ネウラがカルディアに近付いてきた。

「ほら、一緒に食べよー？」

「えっ？　いや、私は別に……」

「料理美味しいよ？　食べないの？　お腹空いてないの？」

「その……お腹が空いているとかそういう事ではなくて……」

「ネウラたちと食べるの嫌なの？」

「嫌ではないけど……」

「じゃあ食べよっ！」

「ちょっ⁉」

ネウラの触手に捕まったカルディアはそのままミラやアレニアたちがいるテーブルへと引っ張られていった。

「流石ネウラ。天然純粋ならアリスに匹敵するだけはある」

「……ルカ、いいの？」

「せっかくネウラが切っ掛けつくってくれたし、大丈夫」

「まぁネウラなら大丈夫かな？」

ネウラは純粋故に裏表がない。

つまり話している言葉そのものが本心ということだ。

というかネウラが嘘吐いた事ってあったっけ……？

プレイヤーイベントの時も隠し事を普通に暴露してたし……。

嘘が吐けないっていうのもいい面もあるし損な面もあるなぁ……。

「まっ、あとはネウラたちに任せよっか」

「んっ。私は戦闘で疲れたからアリス成分を補給」

そう言ってルカは私に抱き着いてくる。

まぁカルディアの件で色々とあっただろうし、少しぐらい好きにさせてあげよう。

その後、カルディアの歓迎会は夜遅くまで続き、途中お酒も入った事でログアウト時間がなかなかやばい事になり、一部の参加者は翌日あたふたとする羽目になった。

私は覚、心を読む妖怪だ。
今はカルディアと名乗っている。
私の飼い主は凄い変わり者だ。
こんな嫌われ妖怪の私をペットにするなんて、普通あり得ない。
覚は心を読む。
つまり読まれたくない感情すら私に読まれることになる。
嬉しい事だけならまぁいいかもしれない。
でも読まれたくない感情というのは必ずあるものだ。
それを承知で私をペットにする?
これを変わり者と言わないで何というのだろう。
もう一度言う。
私の飼い主は変わり者だ。

私に姉妹や家族は……たぶんいない。

そもそも覚えていないのだからどうしようもないだろう。

仮に「私は貴女の家族だよ」と言われても、心を読めばそれが嘘かすぐわかる。

心を読まれるとわかってまで嘘をつく者はそうそういない。というか稀だ。

だから私は今まで1人だった。

1人で森の中で過ごしていた。

たまに私に気付いて話し掛けてこようとしてくる変わり者もいたが、私が心を読めることを知ると不気味がって逃げて行った。

そう、これはわかりきっている結末《こと》。

誰もが恐れ戦く忌み嫌われた能力《ちから》。

だからそんな結末《こと》になるぐらいなら私は誰とも関わらない。

関わりたくない。

もしかしたらと期待してしまうから。

私を受け入れてくれる人がいるのかと期待してしまうから。

期待した分だけ失望は大きいから。

だから私は1人でいる。

1人がいい。

そう思って森でひっそりと暮らしていた。

だがある日異変が起こった。

人間が暮らしていた国が鬼たちに襲われた。

道は逃げる人たちで一杯で、何人いるのかもわからない。

だが私は人がいればいるほどその心を否応なく読めてしまう。

いや、正確に言えば強い感情を強制的に読んでしまう。

怨み、悲しみ、恐怖、怒りといった様々な負の感情が一気に私に押し寄せてきた。

とても気持ち悪かった。

だが、これが人の本来持つ感情なのだと理解してしまった。

理解せざるを得なかった。

私は今まで住んでいた森を離れる事にした。

鬼と仲がいいわけでもないし、仲間に入れてもらいたいわけでもなかったからだ。

私はこっそりと難民の後をつけていった。

もしかしたら良い新しい住処が見つかるかもしれないと思ったからだ。

それから数日、もしかしたら数十日かもしれない。

難民たちが入った森で変な人間たちを見かけた。

私とは種族は違うが、何匹もの眷属を連れて難民を保護しているようだった。

遠くでも狙いを絞れば心は読めるから、あの人たちが邪な事を考えていない事はすぐわかった。

とはいえ、これ以上近付くと気付かれそうだ。

私はこの場を離れようとすると、１匹の蜘蛛が近寄ってきた。

「……何かしら」

蜘蛛は足を1本上げて挨拶をする。

今私に敵意がないからといって不用心じゃないかしら。

「いいから早く戻りなさい。いつまで経っても戻らなかったら不審がられるでしょ」

私はしっしっと手を動かす。

蜘蛛は少しの間じっとしていたかと思うと、突然動き出してさっきの人のところへと戻っていった。

全くなんなんだか……。


それから翌日、昨日見た変な人のうちの1人がやってきた。

その人間は蜘蛛から教えてもらったのか、私の事を呼んできた。

逃げるのもめんどくさい……というか、心を読む能力に特化しすぎて身体能力はそこまで高くない私がいつまで逃げ続けないといけないかを考えた結果、出て適当に心を読めば勝手にいなくなるだろうという判断であの人間に顔を見せた。

「アレニアから聞いた。貴女が昨日私たちを見てたって」

「だから何？」

「なんで」

「『なんで難民たちを見ていたの？』って言いたいのかしらね」

「っ!?」

まぁ普通驚くよね。

「『貴女は心が読めるの？』って言いたいのかしらね。ええそうよ。私は覚。心を読む妖怪。だから貴女の考えている事は読める」

さて、ここまで言えばさっさとどこか行くでしょう。

だがその人間は違った。

「なんで、わざと嫌われるような事言ってるの？」

「なっ⁉」

私がわざと嫌われるような事を言ってるっていうの⁉

そんなことない！

私は本心で言ってる！

「貴女は私と一緒。私も人と関わるのは怖い」

「一緒じゃない！」

もう頭にきた！

二度と私に関われないようにトラウマを植え付けてあげるわ！

「『悪しき記憶よ想起せよ』」

私は彼女を見つめ固有の能力を発動させる。

条件はただ1つ、対象となる相手を見つめること。

正直言ってこの能力は当たり外れが激しい。

相手にとって何も嫌な攻撃や対象がいなければこの能力は不発になるため、それこそこの世界に来たばかりの異邦人に使ったところで何も起こらない。

だが彼女は違う。

きっと何かしらの悪しき記憶があるはずだ。

そして次の瞬間にはその結果が出現した。

「は……？」

私はふと声が漏れ出た。

それもそのはず、何故か昨日彼女と一緒にいたもう1人の異邦人がトラウマとして出現したのだ。

意味がわからなかった。

「え……？　いや……なんで……？」

トラウマとなってる相手と一緒にいる……？

いや、トラウマではなく嫌な記憶も出るから嫌な相手……？

嫌な相手と一緒にいる意味がわからない……。

私が混乱していると彼女が声を掛けてきた。

「私は貴女を攻撃する気はないから攻撃しないでほしい」

「っ！」

咄嗟に彼女の心を読んだが本当に戦いたくないという想いが伝わってきた。

それと同時に私が出したトラウマ《アリス》にも動揺しているのも伝わってきた。
彼女の想いを読み取って少し冷静になれた。
確かにここで争うのも不毛だろう。
だけど……。
私は深呼吸をしてゆっくりと右手を前にする。
「行きなさい」
貴女の心は伝わった。
私を心配してくれているのも、共に寄り添おうとしていることも。
だけど私は1人でいいの。
1人なら……傷つくのは私だけなのだから……。
だけど貴女は諦めないでしょうね。
私の立場に共感するぐらい優しいんだから。
でもそんな貴女だから私は傷ついてほしくないと思ってしまった。
だから諦めてもらうわ。
縦え貴女に嫌われたとしても……！
そして私は彼女にトラウマをぶつけた。
結果的に言うと私は負けた。

いや、正確に言えば私が根負けしたと言えばいいのだろうか。

彼女のトラウマで攻撃しても彼女は折れなかった。

それに……。

「なんで私を抱き締めてるのよ」

「だって離すと逃げるから」

「この周り蜘蛛の糸で覆ってるの読めてるから逃げられないってわかるでしょ！」

「でも、こうしてほしそうだった。私もこうされたいってよく思う」

「そんな事……」

ない……とは言えなかった。

彼女に抱き締められているとなんだか温かくなってくる。

それに本心で言ってるから嫌な気分じゃない……というかむしろ心地良い。

「ねぇ」

「『私のペットにならない？』って言いたいんでしょ？」

「うん」

「……いいの……？　わかってると思うけど私は心を読む嫌われ者妖怪よ？　そんなのがペットだって知られたら……」

いや、彼女はそれすら承知で言っている。

彼女の不安はひしひしと伝わってくる。

こんな優しい彼女を私のせいで悲しませたくない。

それでも彼女は私を求めている、求めてくれている。

「怖いのは貴女も私も一緒。でも、きっとアリスなら……」

あのトラウマでもあり、彼女が最も信頼している人間。

彼女がそう言うなら私も信じてみたくなってくる。

「後悔……しない……？」

「貴女を1人にしてしまうよりはずっといい」

「バカな人ね……ホントに……」

そして私はカルディアという名を与えられて彼女のペットとなった。


「で、この宴会はいつまで続くの？」

「んーお母さんたちが楽しそうだからいいと思うよ？」

「そういう問題じゃないでしょ……」

顔を赤らめて浮かれている面々の心を読んでみるが、もう何を考えているのかさっぱりといったぐらい酔っている。

てか私の飼い主も酔ってるし……。

一応飼い主のペットになった事で色々と知ったけど、あれで21歳とか思えないわよ。

どう見ても子供でしょ。

まぁ私も見た目は完全に子供だけどね。

でも、私に受け入れられたのが嬉しかったからあんな風に酔ってるんでしょうね。

ホント、困った飼い主ね。

私はふふっと笑って用意された飲み物を飲む。

もう一度言う。

私の飼い主は本当に変わり者だ。

でもとっても良い飼い主だ。


現実世界で10日も経つと、イベントマップもだいぶ町っぽくなってきた。

プレハブ住宅からきちんとした家へと変化しており、難民の大半が既に住んでいるようだった。

とはいえ、全員が全員プレハブ住宅から移れたわけではなく、子持ちやお年寄りが優先で移り住んでいるらしい。

プレイヤーも頑張って造っているのだが、どうしても難民は増えるわけで、少し追いついていない感じだ。

そんでもって現実世界で10日ということは、ゲーム内では約1ヶ月ということになるわけで……。

「ありがたやありがたや」

「今日も元気でいられますように」

フェイト教の本社に分社も完成しており、既に何人もの参拝者が訪れていた。

参拝者の数がそのままフェイトの信仰に繋がるという事で……。

「アハハハハ！　力が漲ってくるわ！　そうよもっと私を信仰しなさい！」

と、湧き上がってくる力に軽く酔ってるフェイトがいたり……。

まさかここまで変化するとは思わないじゃん？

それをルカに話したところ、「やっぱり一神教は強い」と言っていた。

一応フェイト教って多神教だよね？

確かに今までの神社とかそういうのがなくて祈る場所がないっていう理由でここに訪れている人もいるけど……。

それにしてもここまでマッチするとは思わないよね？

まぁフェイトが嬉しそうだしいっか。

あっ、一応暴走は止めとこう。

「えいっ」

「あうっ！」

私は造った森の方へと足を運ぶ。

首狩り教の協力もあり、ほぼ完成済みである。

あとは町と防壁次第で面積を増やす予定だ。

そしてルカが既に木の上に仮拠点を造っており、そこに資材などを各自運んでいる。

なお、海花やそのファンの人たちは私たちと違い、森での動きにそこまで慣れていないため、ファナティクスさんたち首狩り教が指導している……らしい。

まぁなんだ。

海花、ファイト。

たまに悲鳴が聞こえてくるのはご愛嬌ということにしておこう。

ファナティクスさん……戦闘時いきなりアーメンとか叫びながら迫ってくるらしいし……。

やっぱり神父様って怖いんだね。

ルカがぼそっと「やっぱり○ELLSINGは偉大」って呟いてたけどどういう意味だろうか？

っと、ルカのところに材料持って行かないと。

私は仮拠点で作業しているルカの元へ行く。

「ルカ、材料持ってきたよ」

「ありがと」

私はルカに指示された通り、狩って切り分けた動物の脂肪の部分をルカから渡されたケースに入れて返す。

「これ何に使うの？」

「簡単な照明。当日に木に設置して明かりにする」

「明かりなんて付けたら木の上で待機している私たちが見つからない？」

「蝋燭は明かりとしては弱い。でも明かりがあるってことは、暗視関連のスキルを使う必要はないって考えるかもしれない。そこが狙い。まぁ使っても使わなくても結果は変わらないけど。あとは敵が明かりがあるってわかれば他の明かりを使わなくなるし、その明かりの変化で部隊が消えたとかの判断を消せる、かもしれない」

色々考えているんだね。

確かに松明とかの揺らぎが不自然だったら何かあったのかって思うもんね。

逆に松明とか使ってなければ悲鳴とか上げられない限り気付きようがない。

ルカはそういうのを狙ってるのかもね。

「まぁ海花たちにも暗視関連のスキル取らせるし、問題ない。今頃首狩り教にしごかれてるしさっさとスキル上がるはず」

「あはは……」

海花、ドンマイ。

「アリス、引き続き動物の脂肪分の確保お願い。蝋燭は作っておけば保管はできるから一杯作っておきたい」

「うん分かった」

「ルカお嬢様、綿花はこれぐらいでよろしいでしょうか？」

するとトアさんが綿花を抱えてやってきた。

「んっ大丈夫」

「また足りない物があればおっしゃってください」

「そういえばカルディアは？」

「アレニアと一緒にぶらぶらしてる。たぶん罠張るポイント探してる」

「アレニアの糸も張るのに時間かかるもんね」

私の場合はその場でって感じだからそういう前準備はいらないけど。

「あとは海花たちで罠の張り方を検証しておきたい」

「そこはお互い交渉してやってね……？」

海花は絶対嫌だって言うと思うけど……。

「そういえばルカってどんな罠張るの？」

「えっと……矢が飛んでくるものに、アレニアの糸を使った捕縛に、落とし穴の中に毒沼に、よくある足にロープ引っかけて上にあげるやつとか、頭の上から岩が落ちてくるやつとか」

おぅ……なかなかエグいのが交じってる……。

落とし穴に落ちたら毒沼とか嫌すぎる……。

「今は落とし穴に落ちると同時に上から岩落としたりとか考えてる」

「完全に潰しに掛かってる!?」

「それを海花で試したい。脱出できるかとか欠点知りたい」

「やるにしても加減はしてあげてね……？」

「……前向きに検討する」

それって大抵検討しないやつだよね？

「それに罠を避けられないと自爆する」

「それはちゃんと罠の位置教えとけばいい話じゃ……」

「戦闘では臨機応変に動けなければいけない。つまり味方の罠に掛かる場合もある。だから避けられる練習は必要。これも愛の鞭」

何故だろう……ただ単にルカが海花を罠に嵌めたいようにしか聞こえない……。

てか愛の鞭というよりいじりたいだけじゃ……。

「いっその事、アレニアの糸であられもない姿に搦め捕って……」

「よくわからないけど、そこら辺はちゃんとセーブしてね？」

「アリスが言うならやめる」

仮に私が言わなかったらどうなっていたのだろう……。

色々と怖くなってきたよ……。


ルカたちと別れた後徐々に完成していく町並みを眺めつつ歩いていると反対側から見知った顔が見えた。

「あれ？　リン？」

「あらアリスじゃない。今日は１人なの？」

「皆特訓だったりやる事があるから忙しいんだって」

まぁ私の場合森造る以外に作製関係なにもできないし……。

「リンこそ珍しく1人なの？」

普段は銀翼の人たちが近くにいたりするのに今日は見えないし。

「男衆は肉体労働よ。私たちは町での支援等ね。歩き回って何が足りないかを聞いたり探したりとかね」

実際に町を歩かないとわからないこともあるもんね。

それこそ建物配置が実は危なかったりとかっていうのもあるし、今の段階なら修正可能だもんね。

「それにしても皆凄いねー。こんな簡単に家とか壁造れるんだもん」

「自分のフィールドをその場で造るアリスが言うとあれだけど……確かに凄いわよね。おかげでこっちは資材用意するだけでいいもの」

「加工とかしなくていいの？」

「生産職の人たちが加工したり組み立て関係の道具作れるからいらないんだって」

「ほえー……」

やっぱり生産職の人って凄いなぁ……。まぁルカもプラスチック作りたいとか言ってたしあんまり変わんないかな……。

「そういえばニルスもだいぶ人に慣れてきたしアリスのペットとも顔合わせする？」

「ホント？」

古都で1回会ったきりだったもんね。

私たちはお互いのペットを呼び急だが顔合わせをすることにした。

「ということで、私の幼馴染のリンのペットのニルスだよ。皆仲良くねー」

「キュゥ！」

「はーい」

「わかりました」

「よろしくね」

「ピィ！」

ニルスも鳴き声で返事をしてくれて本当に人に慣れたのだなと感じた。

「それにしても古都の時に比べてだいぶでかくなったね」

以前は手に乗るぐらいの小さな小鳥だったが、今や鷲や鷹と同じぐらいに大きくなっていた。

「その大きさだと一緒に戦闘できそうだね」

「それに私の魔法とも相性良いから色々できるのよ」

そういえばニルスってサンダーバードだっけ。

そりゃリンとの相性は良いよね。

「リンもどんどん強くなってるねー」

「アリスに言われるのもあれだけど……強くなって損はないものね」

確かに強くないと色々できないもんね。

新しい場所行ったり強いモンスター倒したりとか。

「それにしてもリンってよく他の人と連携できるよね。銀翼って人多いから連携するのも一苦労でしょ？」

「勿論最初から連携なんてできないわよ。それこそ初めて合わす人となんて予想外の動きをされて誤射するとかもあるもの」

まぁリンの攻撃方法って割と広範囲だもんね。

「なんならアリスも銀翼で連携訓練でもする？」

「リン……わかってて言ってるでしょ……」

リンは揶揄うように言うが、私にそんな大人数との連携ができるわけがないのをわかっていて言っているだろう。

「あら、バレちゃった？」

「もう……」

「でもＰＶＰイベントは終わったし連携訓練はやっといた方が何かと便利よ？」

「それはわかるんだけど……」

少人数ならともかく、ギルド単位の数十人となると誰かしら巻き込みそうだし……。

やっぱり私は少数戦が精々だなぁ……。

「それにしても今度の敵は鬼だってね」

「防衛戦だから余計大変よね。まぁアリスの遊撃隊の働きに期待ってところね」

「あれは勝手に決められただけだから……」

本当に勝手に決められたし、アルトさんにすら納得されちゃったしなぁ……。

「でもリンたちは主力なんだから頑張ってよー？」

「そうね。まぁ壊滅しても最悪ゾンビアタックすることになるでしょうし何とかなるでしょ。メイン盾の団長だっているし」

また人任せな……。

でも団長さんなら確かに耐えれそうだから何とも言えないところがまた……。

そもそも団長さんの守り突破できる人っているのかな……？

それこそ私の複合魔法で打ち上げて落下死とかさせないと無理そうな気がするんだけど……。

「じゃあリン、当日は頼んだよ」

「アリスもね」

私たちはお互いの拳を合わせてにっこりと笑みを浮かべた。


ふぃー……。

良い満月だ。

「はふぅー……」

お月見という事で、今私は着物を着て家の縁側に座って満月を見上げる。

そしてお月見と言えば団子！

あむあむ。

「なんだもう食ってんのか」

「アリサったら〜。我慢できなかったの〜？」

「しょーふぉ、しゅずー」

「食ってから喋れって」

「ふぁい」

私は正悟に言われた通りに、こくんと口の中の団子を呑み込む。

「2人とも遅かったねー」

「まぁこれ着てたしな」

「そうね〜」

確かに着物は着るのに時間かかるもんね。

正悟の着物は黒を基調としたあまり余計な模様のない無地系ので、鈴はオレンジを基調とした花の模様がところどころにある華やかな着物を着ていた。

ちなみに私は鈴と似たようなのだが、青を基調に花の模様がある少し大人しめの着物を着ている。

正悟が私の隣に座ると、鈴は正悟を私と挟むように縁側に座る。

「あらあら両手に花ね〜」

「着物が花柄だもんねー」

「ふふっ、アリサったらホント可愛いわね〜」

「んぅ？」

「自分でしといて何言ってんだか……」

正悟は何故か呆れているが、まぁ嫌そうにしてないからいっか。

「それにしてもアリサ聞いたわよ〜？」

「何を？」

「イベントマップで北東の一角を一手に引き受けたって〜」

「あー……」

まぁあれはほぼ無理矢理だったし……。

「てか俺も改めて見たけどさ……普通防衛施設として森選ぶとかおかしいとか思ったけど、アリサが担当なら仕方ねえかなって思うよなぁ……」

「えっ？」

「まぁアリサが担当だし、逆に安心と言えば安心ねぇ〜……」

「えっ？」

だからなんで私が森担当だとそこまで安心されるの⁉

「それにアリサの他にルカに海花に首狩り教にトアさんもいんだろ？　過剰戦力じゃやね？」

「まぁそれで他の方角に戦力回せるから致し方ないわねぇ〜」

「てか銀翼はどの方角対応すんだ？」

「一応鬼門はアリサたちがどうにかするから、裏鬼門の南西になりそうね～。正悟たちは？」

「俺らはギルドってわけでもないから特に決まってないしなぁ。まぁ援軍欲しそうな方角ってところかねぇ」

「正悟いいなー。私なんて勝手に場所決められたしー」

「いやまぁ仕方ねぇだろ……。防衛戦で遊撃部隊できそうなのってアリサとかぐらいしか思いつくやついなかったんだろ。しかも森となれば少数で多数を相手にするには良い立地だしな」

あれ？

森ってそういう場所だったっけ？

「まぁ襲撃開始まで後数日だし、できる事はやっておかねぇとなぁ」

確かにもう襲撃まで日にちはあまりない。

一応星型稜堡は完成しており、近くに回復アイテムを置いておく倉庫もできている。

とはいえ、細かい部分の調整などはまだ残っているようで、リーネさんたちは慌ただしく動いている。

私の方も、ルカが蝋燭の設置も既に終わっており、襲撃開始前に一斉に明かりを付ける手はずとなっている。

罠の方もほぼ設置しており、既に私たち以外立ち入り禁止としている。

このように各方角での準備はできているのだが、人は万全かと言われると不安が出てしまうもので、ルカも今一度罠などの確認を行っている。

私は罠については専門外なのでルカに任せてしまっているが……。

「まっ、やれることはやったし、あとは待つだけだな」

「そうね～」

「頑張るー」

さてと、ゲームの話はこれぐらいにしてお団子お団子。

あむあむ……美味しい……。

「全くホント美味そうに食うよなぁ……」

「あら～それが可愛いいんじゃない～」

お団子……サイやリアたちにも作ってあげないとなー。

やっぱり御手洗団子とか餡この方がいいかな？

って言っても葛がないから作れないか……。

イベントマップ方面にあるかなぁ？

イベント終了後にも行けるなら調べなきゃ！

「あの顔はまた食べ物について考えてんな……」

「お団子関連で思いつく事と言えば……餡こかしらねぇ？　小豆って見つかってたかしら？」

そうだ小豆も見つけないと！

さっすが鈴！

「でも鬼ってどの属性が効くのかしらねぇ？」

「五行的に言えば豆が苦手っていう事で火に弱いとかそんな説あるが、どうなんだろうな」

「火に弱いってなると金属性だから－……私ダメじゃないー……」

「普通に嵐の方使って戦えばいいだろ」

「風は一応木になるから逆に弱点なのよぉ～」

「あー……。ちなみに鈴、他に属性は？」

「持ってないから困ってるのよ……。私風と雷だけしか上げる気なくて取ってないのよ……」

「あー……何というか……ドンマイ……」

んっ？

風と雷が効きにくいの？

「じゃあ鈴大変じゃん！」

「いや……それをさっきから話してただな……」

「アリサァ～……」

鈴がゆっくりと抱き着いてきたので優しく頭を撫でてあげる。

「だいじょーぶだいじょーぶ。効きにくくても空に吹っ飛ばせば落下ダメージ食らうし大丈夫だよ！」

「そっそうね！　ダメージ食らわないなら食らうダメージにすればいいのよね！　いっその事上昇気流作って打ち上げればいいのよね！」

「そうだよ鈴！　私も複合魔法でそういうの使えるから鈴だってできるって！」

「えぇ！　頑張るわ！」

「おいちょっと待てアリサ、今複合魔法って聞こえたが……。お前まさか複合魔法使えんのか⁉」

「よーし！　イベント頑張るぞー！」

「頑張るわよー！」

「おいアリサ！　話を聞けーっ！」

番外編　裏の裏

Nostalgia world online

KUBIKARI HIME no
Totugeki!
Anata wo BANGOHAN!

「お兄ちゃんたちバイバイ」

「うん、またね」

「ほらアリス、行くぞ」

先程まで複数人の子供たちと遊んでくれた異邦人の人たちに手を振り、私は迎えに来た女性と一緒に異邦人たちが作っている街の中を歩く。

「随分楽しそうに遊んでいましたね」

「こんな大っぴらに遊べる機会などなかったですからね。新しい体験ができて良かったですよ」

ついさっきまでの子供のような口調をやめ、私は若干大人びた口調に戻す。

「侍女の私からしたら姫様が怪我をしないかハラハラしていましたけどね……」

私を迎えに来た女性はこの私、ヤマト国の姫であるカグヤの侍女である。

そして私は先の鬼との戦によって滅ぼされたヤマト国の唯一の生き残りの王族だ。

あの日、私は滅びゆくヤマト国から逃げ延び難民たちに紛れ異邦人たちが作る街へと避難してきた。

「それにしてもあの鬼たちがここまで迫ってくるなんて……」

「別に驚く事ではないでしょう。この私を狙っているのでしょうし」

「そ、そんな！　姫様が生きていることなんて鬼たちは知るはずが！」

私は興奮し掛けた侍女を抑えるように自身の口元に人差し指を当てる。

「そうですね。そもそも鬼たちは私の存在すら知らないかもしれません。ですが王族や官職に就いている者たちとなれば話は変わります」

「まさかその中の誰かが⁉」

命乞いの際に告げ口したというのが妥当でしょうね。

そもそもあの鬼たちは拷問なんてしないでしょうし、王族の相手を下級鬼に任せず幹部か頭目自らすると考えるのが普通でしょう。

あくまで相手は王族だ。

その首を取るにしても力を誇示する鬼であれば最低でも幹部が出向くでしょうしね。

「とはいえ、話し合いをするにしても鬼の勢力が強いままではそれすらできませんでしょうしね」

「あの鬼たちと話し合いですか⁉　何を根拠に仰っているのですか⁉」

「根拠ですか？　単純ですよ。……私が生きている。それが根拠です」

私は両手を広げてゆっくりと説明する。

「そもそもこの数の難民たちが生きていることがおかしいのです。私たちが逃げている最中、鬼たちから追撃がありましたか？　その気になれば難民たちなんて1割も生き残ってここに辿り着ければ御の字でしょう。それが難民のほとんどが辿り着けています。異邦人の助けもありましたが、それを抜きにしてもいずれ辿り着いていたでしょう」

恐らく鬼の頭目が追撃を止めてくれていたのでしょう。

理由としては姫である私を難民もろとも巻き込んでしまう可能性が高かった、というのが挙げられますね。

まぁ単純に難民を攻撃する気がなかったと言えばそこまででしょうが、それならば再度攻撃を仕掛けてくる必要性がありませんし、十中八九狙いは私でしょう。

ですがこれまでの行動を考えると私を殺すというよりは人質、もしくは捕虜という形が濃厚でしょうね。

だからといってこの身一つで行くわけにもいかないでしょうし、申し訳ないですがここは異邦人の方々にどうにかしてもらいましょう。

鬼について考えていると、目の前から黒いローブを纏いフードを被った1人の男性が私たちの前で立ち止まる。

「ようやく見つけたぜ」

「私たちに何か用ですか？」

「惚けなくていい。アンタらの正体はわかっているからな。なぁ亡国の姫さんよ」

「っ！」

黒いローブの男の発言に私の侍女が敵対心を露わにし、隠し持っていたクナイを持ち振りかぶる。

「おっと、あぶねぇあぶねぇ」

男は侍女の腕を受け流すように掴み、背後に回り腕ごと拘束する。

「別にアンタらを殺すだの鬼に引き渡すだのするわけじゃねぇから安心しろ」

「その言を信じる要素は？」

「今もアンタらが石も投げられずに無事っつーのが証拠だろ？」

この男の言うように、私たちの正体が知られれば鬼に引き渡して自らの安全を買おうとする者たちはいるだろう。

そうではなくても恨みをぶつけて来る者がいてもおかしくはないだろう。

つまりこの男は私たちの正体を口外していないということだ。

「それで、要求はなんですか？」

「姫様っ！」

「ちょい静かにしてろって。つか俺がどうやって正体を掴んだのか聞かなくていいのか？」

「推理を聞くのは落ち着いた場所でいいでしょう。ここで争い事をしていては目立ちます」

何事かと気になっている人がちらほら見えるため、不審に思われる前にここから離れておきたいところですしね。

「よし、んじゃついてこい。静かに話せる場所に案内してやるよ。つーことで離してやるが攻撃すんなよ？」

「くっ！」

侍女は男を睨みつけるが、ここで騒いだところで損しかないのは確かなので私たちは大人しく男の後についていった。

男に案内された建物は正直なところとても私が入りにくい場所であった。

「どうした、さっさと入ってこいよ」

「ひ、姫様をなんてところに入れようとしているのですか！」

男が案内した場所は所謂いかがわしいお店だった。

店員であろう女性が薄着で店内をうろついているのである。

「安心しろ、こいつらは俺が連れてきた奴に関しては関与しないように言ってある」

「……わかりました」

私たちは覚悟を決めて男の後ろをついていく。

ただ気になったのは、店内の女性は異邦人ということではなく全員難民の女性たちであるということだった。

「さて、どこから話すか」

男は奥の部屋に入るとソファに腰を下ろしこちらを見つめる。

私たちも近くのソファに座り男と向き合う。

「そういや自己紹介がまだだったな。俺の名はアワリティア、アンタらが言う異邦人ってやつだ。んでアンタらの名前は？」

アワリティアはそう名乗ると私たちに名乗ることを要求した。

「私はカグヤ。隣にいる侍女はイツキです」

「どうも……」

イツキはアワリティアに対して敵意が強いようですが、先程のやり取りから仕方ないと諦めるべきですね。

「それで、どうやって私の正体を掴んだのですか？」

「それについてはメタいことだが、これまでのイベントから察するに攻めてくる側にも何かしらの理由がある、っていうことに気付いたからだな」

メタいとかイベントっていうのはわからないが、アワリティアは説明を続ける。

「んで難民の数が異様に多いのに鬼に追撃された形跡がない。にも関わらずまた攻めてくるっていうことところだな。その理由で考えられるのは、逃げた難民たちを再度いたぶるための準備期間を設けたか、追ってでも探さないといけない存在がいたかの２択だな」

概ね私の予想と一緒のようだ。

それにしてもこのアワリティアという男……。

敵が鬼であるという情報を既に手に入れているということだ。

まだヤマト国の難民たちがこの街に着いたとしてもそんなに経っていないはずだ。

にも関わらずここまで情報を持っている……。

危険だと思うと同時にこの男の情報収集能力に関心する。

「そんでその２択の後者が正解だとしたらその追っている相手は誰かってなる。俺の予想では王子か王妃、もしくは母親も一緒と思って子連れを探してたわけだ。まさかあいつらと遊んでるとは思わなかったから下手に近付けなかったけどな」

あいつらとは私たちと遊んでくれていた異邦人たちのことだろう。

実際優しい異邦人たちだったが、この男と何かあったのだろうか？

「まぁここまでが俺の推理でアンタらを探したってわけだ」

「ほとんど合っていると思いますよ。鬼の目的が私であることはほぼほぼ確実でしょうしね。それで、先程聞きそびれましたがあなたの要求はなんですか？」

「ふっ、決まってんだろ」

アワリティアはそう言うと口をニヤリとさせる。

「こっちでの復興もしくは鬼に滅ぼされた国に帰れたら俺のことを優遇してくれよ。具体的に言えばアンタらに直接回るレアアイテム関係の依頼とかを回してくれ。俺の要求はそれだけだ」

どんな要求が来るかと身構えていると、思ったよりも普通な要求で呆気にとられる。

「え？　それだけでいいのですか？」

「どうせ復興するまで時間は掛かるだろうし、国に戻れたとしてもそんな余裕ねぇだろ。だったら姫さんからの依頼でレアアイテムを探せる機会を作った方が得だろ？」

確かに仮に国に戻れたとしてもすぐにレアアイテムを用意できるわけでもない。

精々が報告で見つかったヤマト国のレアアイテムを回収するぐらいだろう。

「わかりました。表だって優遇するわけにはいきませんが便宜は図りましょう」

「あぁ、それでいい。そもそもちゃんと国に戻れるかの保証もねぇし、このままこの街でひっそりと暮らす可能性もあるしな」

「……貴方の目的は何ですか？」

「俺の目的はただ1つ、強いやつと戦いたいだけだ。そのためにも色んなレアアイテムを持ってて損はないしな。そのためのコネ作りに勤しんでるわけだ」

　これ以上聞いても答えてくれそうにありませんし、まぁ……そういうことにしておきましょう。

「では契約内容としては私は貴方に便宜を図る、貴方は私たちのことを口外しない。これでいいですか？」

「あぁ、構わないぜ」

　ここには契約書もそれに似た魔法もない。

　あるのはただの口約束だけだ。

　だけど不思議とこの男は約束を違えないと思えてしまう。

　まぁ精々利用させていただきましょうか。

　特に復讐とかそういうことは考えていませんが、国を復興するということはいずれしなくてはいけないことでしょうしね。

あとがき

初めまして、naginagiです。

この度、「Nostalgia world online6～首狩り姫の突撃！ あなたを晩ご飯！～」を御手にとって頂き有難うございます。

デビューして早三年目となりますが遂に六巻ですし、あとがきも六回目となります。いやはやあとがきをすいすい書いてらっしゃる方々は凄いと思います本当に……。ということで六巻ですが教会編と大型イベント編の二種類となっております。教会編はｗｅｂ版と違い他のシスターも登場させておりますのでそこら辺の話も今後盛り込んでいきたいなと思います。大型イベント編の方はまぁ相変わらずアリスが好き放題やってますね。いやまぁアリスはそれでいいんですよ。好き放題に動いて好き勝手に人を助ける性分なので。そのおかげで救われてる人もいますからね。代わりに首狩り教とかいうイカれた組織もできあがってるのは致し方ありませんね（諦め）。あの組織も今後どうなるんだろうか不安です。その内とんでもないことをしでかす気しかしません。

そして六巻の発売と同時に初のグッズ販売となります。抱き枕とマウスパッドという前代未聞の初手グッズに困惑するかと思いますが大丈夫です、作者も困惑しております。ただ材質には愛好家（？）の方が監修してくださったということで購入された方はお気に召すと思います。

私も実際に触らせていただきましたが、おぉ……という声が出ました。いや、これはガチでした。ということで書籍とグッズもよろしくお願いいたします！

そして今回もイラストを担当して下さったのは夜ノみつき様です。素敵なイラスト、本当に有難うございました。最後にこの本の出版に携わってくださいましたＴＯブックスの皆様、各関係者の皆様に感謝いたします。皆様の御協力のおかげで無事にこの本を世に送り出す事が出来ました。心から御礼を申し上げます。

最後にこの本を手に取って読んで下さった方に心から感謝いたします。

またお会い出来る事を楽しみにしています。

二〇二三年三月　naginagi

巻末おまけ

《コミカライズ第三話》

《Nostalgia world online》

首狩り姫の突撃！あなたを晩ご飯！

漫画：葉星ヒトミ
原作：naginagi
キャラクター原案：夜ノみつき

Nostalgia world online

KUBIKARI HIME no Totugeki! Anata wo BANGOHAN!

第3話

ふたりとも講義お疲れ様～！
たたたた
ねむ…
おお疲れ
お疲れ～
そういえば初期スキル公開されたけどふたりはどうするの？
そのことだけどこれから俺の部屋で相談しないか？

女の子ふたり部屋に連れ込んで
何するつもりなのかしら～？
ね～奥さん～～
あらあら奥さん
あたし怖いわ～
もうアリサったら
そこはもう少し
ノリノリで言わないと
ダメよ～？
漫才はいいからさっさと行くぞ
決めるのに数時間かかるからな
ところでショウゴ！
今日のお菓子は～？
どんと何でも来い!!
なんで
用意してもらえると
思ってんだ？
えっ…
ないの…？
大丈夫よアリサ～
帰りに何か
買っていきましょう～
スズ…
お前はアリサに
甘すぎだぞ
食べ物こそ
正義なのだっっ!!!

これと
ぽいっ
これと
ぽいっ
これも
ぽいっ
ショウゴ！（買って！）
どやっ
ドーーン
買いません！戻してきなさい!!!
え～!?
あらら

はい アリサ
あーん

あーん
アリサおいしい？
いちゃ
じーー
かわいい
いちゃ
いちゃ
おいひいよ～
いちゃ
はいアリサ
もうひとつあーん
もうショウゴったら～
あーんしてほしいなら
言えばいいのよ？
お前ら
食べるの一旦
やめろ
言わねーよ

キラ
キラ
ショウゴ
あーんして
いや
だから
別に俺は…
かぁぁぁっ
かかわいい
あ～んするのと
口移し
どっちがいい？
あ～んで
お願いします…

ちょっと不服そう
もぐもぐ
もじもじ
はいスズも
あ～んっ
キラ
キラ
ぱあああっ

うん！アリサがくれたお団子美味しいわ～
でもアリサ あ～んか口移しかなんて私たち以外に言っちゃダメよ？
？
…??うん！わかった！
俺にはよくわかっていないように見えるんだが…
…ともかくスキルについて話し合うぞ
Nostalgia world online
『初期取得可能スキル』について
えーっと何々…

刀剣
槍
斧
棍棒
格闘
投擲
弓
鞭
鎌
鉄扇
楽器

武器スキルには【刀剣】【槍】【斧】【格闘】【投擲】【弓】…といった基本的な物の他に
【鞭】【鎌】【鉄扇】【楽器】…といった少し特殊な物もあるみたいだ
えーっと…何々…『スキルレベルを上げることで更に分類が細かくわかれます なお分類が細かくなるにつれ補正が上昇致します』つかこれはこれで面倒だな…
なんで面倒なの？
例えば最初に【刀剣】スキルを取ったとする
だが途中で【棍棒】といった棒術方面に移りたくなった場合棍棒スキルを1から上げないといけないんだ

別に1から上げればいいんじゃないの？
そこでさっきの後半の文が影響してくる
おそらくスキルってのはそれに含まれる種類の武器に対しては補正がかかるがそのぶん補正値は小さい…
逆に細かい分類の場合それしか扱えないが補正は高い…ということだろう
つまり多芸と一芸の利点と欠点ということね
そういうことだ最初に方向性をミスると修正に時間がかかるってことだな
方向性かぁ～…美味しく調理するためには刀剣スキルかな？
あとは調理器具とか必要だから木工や鍛冶とかそこらへんあれば取得して…

ねぇねぇ私
刀剣スキルとる〜！
はい！
…アリサ
ちなみに理由は？
包丁が必要だから
え
え
ずん
アリサは
生産職をするの〜？
戦闘職にする
つもりだけど？
…ええっと…
刀剣スキルを
取得したとして
武器は
どうするの？
刀剣スキルだから刀剣だよね？
……えっ 変なこと言った？
？
？
ずううん

アリサ…
刀剣スキルってことは
刀と剣ってことなんだ
刀と剣だと
少し性能が違う
ってのはわかるか？
…えっと…
刀が日本刀とかで
剣が西洋のって
感じであってる？
まあそれでいい
スキルレベルが上がるにつれて
細かく分類されるわけだが
お前がどんな武器を使いたいかによって
今後目指すスキルツリーが変わってくるわけだ
ってことは…
今のうちから
最終的に
使いたい武器を
決めろってこと？
そういうことだ
修正はできるが
そのぶん時間も取られることになる
それが同じ刀剣スキルとか
だった場合はいいが
違った場合は
更に時間が取られるんだ

弓
あ～…うーむ…
それは嫌だなぁ…
斧
槍
自分の使いたい
武器かぁ…
弓とか斧とか槍は
扱いにくそうだしなぁ……
刀剣っていっても
いろいろと
あるんだなぁ～…
ダガー
ダガー…クレイモア…
うーん…
自分に似合う気がしない…
クレイモア

刀と剣の違いは大まかに
刀は片方に刃がついていて
剣には両方に刃がついている…
もん
もん
日本刀に
普通の剣に
大剣に
短刀かぁ～…
どれがいいかなぁ～？
ばばーん
俺としては
アリサが大剣背負って
戦っている姿は
想像できないんだよなぁ…
漫画じゃないからねぇ～
大剣持つほどの
筋力があるかって
問題もあるものね～
わかる

短剣やレイピアは嫌なのか？
ちっちゃいぶん扱いやすそうだけど…なんかダメージ低そうだし…
私のことはともかくふたりは武器どうするの？
俺はそうだなぁ…剣士っつーほうが俺には合いそうだからロングソードの予定かな？
私は魔法職がしたいから棍棒スキルから取るつもりよ～

え～…ふたりとも
もう決まってたんだ～
……私も決めないと…
もん
もん
えーっと…日本刀は
長さでわかれてるっと
ん～あんまり長すぎるのも嫌だけど
短いのも嫌だなあ～…
ってことは脇差ぐらいの長さが
丁度いいかな？
じゃあ私日本刀の
脇差にする～！
アリサが
脇差を差している姿…
若武者っぽくて
ちょっといいかも～
キラ
キラ
キラ
おーいスズー
戻ってこーい

スキルは初期に10個取って あとはレベルを一定まで上げると スキルポイントが もらえるって書いてある…
武器は決めたからあとは 魔法に生産に補助の中から 取るのを選ぼっと
魔法スキルにはえーっと……… 【火】【水】【土】【風】【雷】【光】【闇】があって ある方法で他の属性が派生したり 習得することが出来る…って書いてある
あっ 特徴も書いてある 何々……
【火スキル】：継続ダメージや他の物に燃え移らせることができる。
【水スキル】：水を様々な形に変化させ操る事ができる。
【土スキル】：地面を操作し地形に干渉することができる。
【風スキル】：最も発生が早く、切り裂いたり自身の周りに展開することができる。
【雷スキル】：最も貫通力が高く、地形障害を無視できる場合もある。
【光スキル】：攻撃よりも回復やデバフを打ち消すような技が多い。
【闇スキル】：攻撃よりも戦闘を有利にするためのデバフ系が多い。
んー…… 光と闇がそれぞれ 打ち消しあってるような感じで 他の属性としては 火⇒風⇒雷⇒土⇒水⇒火 …って感じなのか…
ショウゴは 魔法とるの？

魔法かぁ〜今んところは普通の剣士方面で考えているから取る予定はないな
私は雷とあとひとつは風でも取ろうかしら〜

雷と風の理由はー？

なんか雷と風ってふたつ使った時に相性で派生しそうだし弱点属性とかぶつかってもふたつ持っていれば対応できそうだからね〜

まぁまだ魔法については焦らないでいいんじゃない？

余裕ができたら取るって形にすればいいと思うわよ

もぐ
もぐ
んー… じゃぁ
候補だけ決めとく～
スズが風と雷だから残りは
火 水 土 光 闇かぁ～
火はなんか
暑苦しそうだから遠慮する
として 回復職はなんか
大変そうなので光もパス
…となると
水か土か闇になるんだけど
私が水を使ってる姿が
想像できない
…ということで水もないっと
消去法で
土と闇になった～
お前の消去法が
凄く気になるんだが…
まぁ 魔法使うなら
2種類持ってれば
色々と対応はできそうだな
…とは言ったものの
土と闇って
相性いいのかな？
もぐ
もぐ
お団子おいしい

さて残りは
生産と補助スキルだが
俺は補助スキルで
よさそうなの
探してるわ
私も生産スキル取ってもねぇ～
特にやりたいことっていうのが
思いつかないから
取得は当分先かな？
ってことは生産スキル取るのは
私だけなのか～
えーっと生産スキルは…
【料理】【鍛冶】【木工】【調合】【裁縫】
【醸造】【合成】【錬金】【装飾】【栽培】
【道具】【家具】【石工】…
さすが生産スキル…数が多いな～…
料理スキルは取るとして
調味料は醸造ってことでいいのかな？
んーそうなると醸造スキルも欲しいけど
最初から死にスキルってのも
嫌だから後々取ることにしよう

生産系スキルは何取るか決まったよ〜それで補助スキルは何かいいのあった〜？
まぁステータスUP系はもちろんのこと釣りや乗馬みたいな趣味系のスキルとかもあったな
他にも各種魔法耐性もあったわよ〜こうなると特化か満遍なく取るかってことになるのねぇ
こんなん装備できるスキル10個じゃ足りねぇだろ！
敵に合わせて装備スキルを変えるか自分のスタイルどおりに戦うかってことねぇ〜
でもスキル変えたところで相性悪いのはしかたないしな〜
うーん
私の空き枠は8だから戦闘補助系やステータス補助をいくつか見繕わないといけないなぁ

NWCでのステータスとしては
【HP】【MP】【STR】【ATK】
【DEF】【INT】【MGR】
【AGI】【DEX】【LUX】といった
10のステータスからなっているらしい

私は近接で攻撃型なため
HP ATK DEF AGI
といったのを取ればよいのだろうか？

HP / Hit Point（ひっとぽいんと）
体力。
0になってしまうと、死んだり戦闘不能になったりする。
「Health Point（へるすぽいんと）」の場合もある。

MP / Magic Point（まじっくぽいんと）
魔力。
魔法やスキルを使用する際に消費されることが多い。
「Magic Power（まじっくぱわー）」の場合もある。

STR / Strength（すとれんぐす）
力。
物理攻撃力に影響を与える。MMORPG などでは、
アイテムの最大所持重量を増やすといった効果も存在する。

ATK / Attack（あたっく）
攻撃力。
武器のステータスや、
STR に武器の性能を上乗せした後のステータスに使われることも多い。
魔法の場合、MAT になる。

DEF / Defense（でふぇんす）
防御力。
防具のステータスや、性能を上乗せした後のステータスに使われることも多い。
魔法の場合、MDF になる。

INT / Intelligence（いんてりじぇんす）
知力。
魔法攻撃力に影響を与える。
魔法を使用するために必要となる MP の最大値も INT を参照する場合がある。

MGR / MagicResist（まじっくれじすと）
魔法に対する抵抗力。
いわゆる魔法耐性、魔法防御といった意味合いで使われる。

AGI / Agility（あじりてぃ）
素早さ。
行動速度や回避率に影響を与える。
命中率に影響を与えることもあり、重要なステータスになりやすい。
AGL と略される場合もある。

DEX / Dexterity（でくすてりてぃ）
器用さ。
命中率に影響を与える。飛び道具が存在するゲームでは、
攻撃力の計算に STR ではなく DEX を使うことも多い。

LUX / Luck（らっく）
運。
影響する範囲が広く、ゲームによって重要性が大きく変わるステータス。

と言ってもそんなに
数は取れないと思うので
取って3個か2個と
いったところだろう

ショウゴ〜
ステータス補助系は
どう決めればいい〜?
あ? ん〜そうだなー……
まずは自分がどういう役割で
やりたいかを考えるってのは
どうだ?
ほほぉ〜 そう考えると
私の武器は脇差ということだから
攻撃力と素早さで相手を翻弄するような
スタイルがいいのかな?
結論からして 私の初期取得スキルは
【刀剣】【料理】【ATK上昇】
【AGI上昇】【DEX上昇】
【採取】【察知】【忍び足】【鑑定】【収納】
を取ることにした
【察知】と【忍び足】については
モンスターが
どこら辺にいるのかを探るためと
足音をなるべく立てないで
気づかれないように
したかったからだ

意外に必要なのは【収納】だった
アイテムボックスはあるので
要らないと思っていたが
【収納】は重量関係なく
入れることが出来るらしい
食料を調達して
食べるタイプの私にとっては
アイテムがすぐ重量制限を
超えてしまいそうな気がした
【収納】のスキルは積極的に
レベルを上げよう
さて
あとは当日を
待つだけだな
わく
わく
合流まで
ゲーム内で3日待つ
ことになるけど
しかたないわねぇ～
わく
わく
それまでにそれぞれ
情報収集と
狩りの練習でもしてりゃ
いいだろ
わい
NWOの食べ物って
どんな感じなのかなぁ～
わい
アリサ～
おいしいお店
見つけたら
教えてね～
わい
わかった～！

俺の方は先にフレと合流するわ
あっアリサ知らない人についてっちゃダメよ～？
む！子どもじゃないから大丈夫～！
俺は凄く心配なんだが……
ショウゴこそキレイな女の人についていかないようにね～？
えっ……ショウゴってもしかして男に…
俺がついて行くか!!
だから私たちのことにも興味がないのかしら～？
なんでそうなるんだ!?

じゃあ私たちに
興味あるのかしら～？
ドキッ
そっ
それはまあ……
…お前らに興味が
ないわけでも…
かあっ
あわわ
わわわ

あショウゴの顔がどんどん赤くなってる～
私はふたりのこと好きだから言われても大丈夫
あら～ あら～
でもスズは一見余裕そうに見せるけど結構照れてる右手で頬を押さえる仕草はその証拠
ショウゴも私たちふたりとも養ってやるぜ！ぐらい言ってくれたらカッコイイんだけどね
でもまぁ一夫多妻制が認められないから無理なんだけどね

こんな時間がずっと続けばいいのに
まぁショウゴがちゃんと私たちに興味あるってのもわかったしいじるのはこのぐらいにしよっか
お前ら覚えてろよ…
うん ちゃんと覚えておく

じっ
あら？
アリサどうしたの？
ぽむー
スッ
ちょっと眠たくなった
だけだよ～
結構いい時間
だしね～
もう8時じゃねーか
明日も講義あるし
そろそろ
お暇しましょうか～
お腹すいた～

じゃあね～
また明日！
ふたりとも
気をつけろよー
はーい
ちゃぽん
いよいよ
明日オープンかぁ…
何食べられるか
楽しみだなぁ～
CORONA EX
続きはコロナEXにてお楽しみ下さい！
TObooks

公式グッズ
グッズは抱き枕カバー&
立体マウスパッドの2種!
好評発売中!!
カバー表イラスト
どっちも欲しいな♥
買ってね!!!
カバー裏イラスト
抱き枕カバーイラストを大公開!
2種グッズご購入は
こちらのQRコードから!
マウスパッドイラストも見れる!▶
イラスト:夜ノみつき

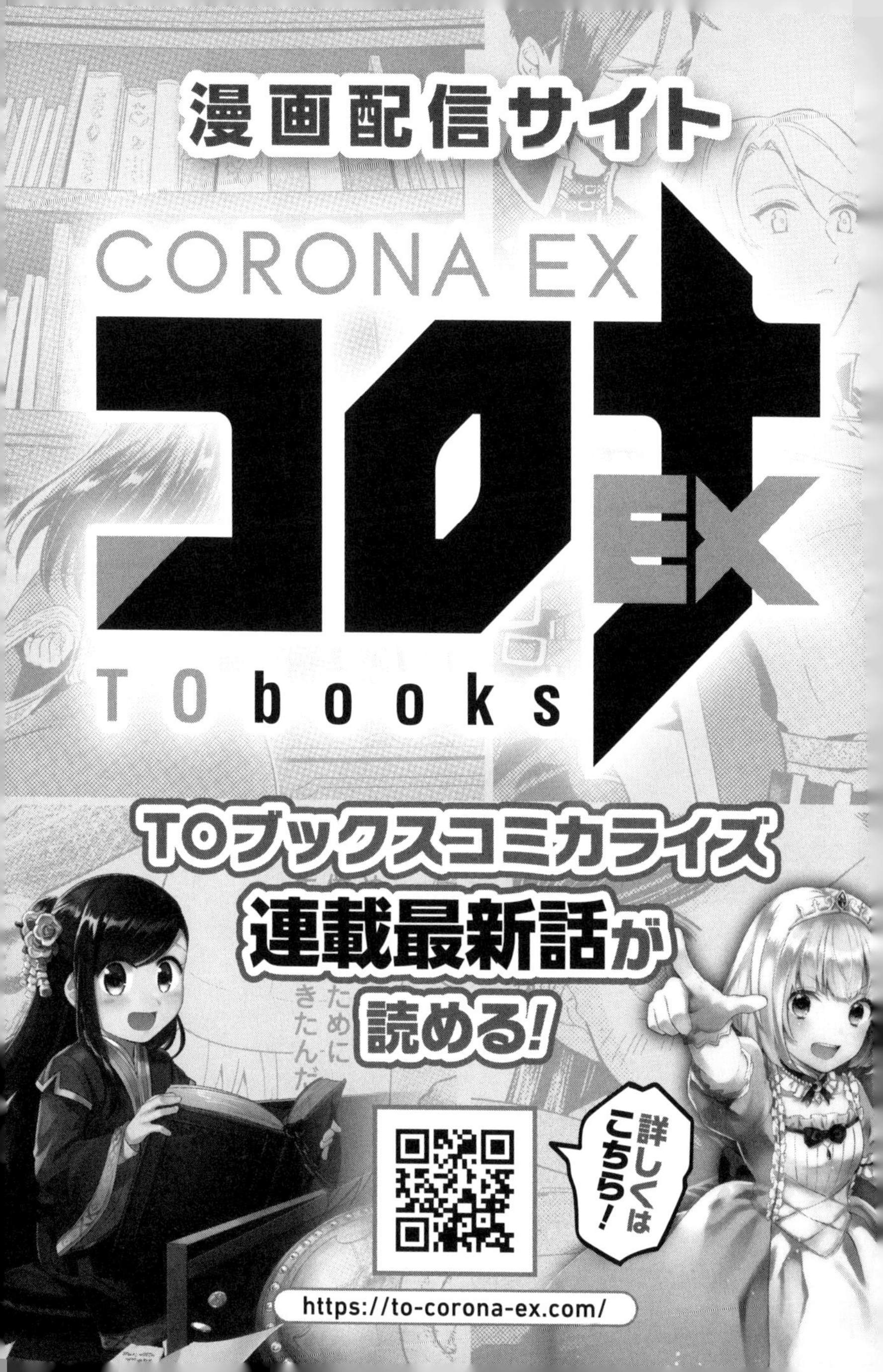
漫画配信サイト
CORONA EX
コロナEX
TObooks
TOブックスコミカライズ
連載最新話が
読める!
詳しくはこちら!
https://to-corona-ex.com/

小説
第13巻
2023年
4月10日
発売!
シリーズ累計
100万部
突破!
(紙+電子)
ニメ化決定!
帝国物語
餅月望——著
Gilse——イラスト
式HPへ!
原作HP
TVアニメHP

Comics
ティアムーン帝国物語
ティアムーン帝国物語
ティアムーン帝国物語
ティアムーン帝国物語
ティアムーン帝国物語
コミックス
第6巻
2023年
4月15日
発売!
漫画：杜乃ミズ
2023年TVア
ティアムーン
断頭台から始まる、
姫の転生逆転ストーリー
詳しくは公

甘く激しい「おかしな転生」

TV ANIME

2023年7月より TVアニメ放送開始!

CAST
ペイストリー＝ミル＝モルテールン：村瀬 歩
マルカルロ＝ドロバ：藤原夏海
ルミニート＝アイドリハッパ：内田真礼
リコリス＝ミル＝フバーレク：本渡 楓

STAFF
原作：古流望「おかしな転生」（TOブックス刊）
原作イラスト：珠梨やすゆき
監督：葛谷直行
シリーズ構成・脚本：広田光毅
キャラクターデザイン：宮川知子
音楽：中村 博
アニメーション制作：SynergySP
アニメーション制作協力：スタジオコメット

アニメ公式HPにて予告映像公開中!
https://okashinatensei-pr.com/

GOODS

オリジナルグッズ続々登場!

おかしな転生
卓上カレンダー2023

おかしな転生
塩ビブックカバー

STAGE

「おかしな転生」舞台化 第2弾決定!

日時：2023年3月8日(水)～3月12日(日)
会場：CBGKシブゲキ!!
（東京都渋谷区道玄坂 2-29-5 ザ・プライム 6階）

オール女性キャスト!

アフタートークイベントあり!

AUDIO BOOK

おかしな転生
オーディオブック
第1巻
朗読：長谷川玲奈

好評発売中!

DRAMA CD

おかしな転生
ドラマCD

大好評発売中!

詳しくは公式HPへ!

Nostalgia world online 6
～首狩り姫の突撃！　あなたを晩ご飯！～

2023年4月1日　第1刷発行

著　者　naginagi

発行者　本田武市

発行所　TOブックス
〒150-0002
東京都渋谷区渋谷三丁目1番1号　PMO渋谷Ⅱ　11階
TEL 0120-933-772（営業フリーダイヤル）
FAX 050-3156-0508

印刷・製本　中央精版印刷株式会社

ISBN978-4-86699-731-5

Printed in Japan